Eu já morri

Edyr Augusto
Eu já morri

contos

© Boitempo, 2022
© Edyr Augusto, 2022

Direção-geral Ivana Jinkings

Edição Frank de Oliveira

Coordenação de produção Livia Campos

Assistência editorial João Cândido Maia

Revisão Juliana Coelho

Capa Uva Costriuba
sobre fotografia de Edyr Augusto

Diagramação Antonio Kehl

Equipe de apoio: Camila Nakazone, Elaine Ramos, Erica Imolene, Frederico Indiani, Higor Alves, Isabella Meucci, Ivam Oliveira, Kim Doria, Lígia Colares, Luciana Capelli, Marcos Duarte, Marina Valeriano, Marissol Robles, Maurício Barbosa, Pedro Davoglio, Raí Alves, Thais Rimkus, Tulio Candiotto

---

SINDICATO NACIONAL DOS EDITORES DE LIVROS, RJ

P957e

    Proença, Edyr Augusto, 1954-
    Eu já morri / Edyr Augusto Proença. - 1. ed. - São Paulo : Boitempo, 2022.

    ISBN 978-65-5717-169-1
    1. Contos brasileiros. I. Título.

22-78210   CDD: 869.3
                                   CDU: 82-34(81)

Gabriela Faray Ferreira Lopes - Bibliotecária - CRB-7/6643

1ª edição: agosto de 2022

BOITEMPO
Jinkings Editores Associados Ltda.
Rua Pereira Leite, 373
05442-000 São Paulo SP
Tel.: (11) 3875-7250 / 3875-7285
editor@boitempoeditorial.com.br
boitempoeditorial.com.br | blogdaboitempo.com.br
facebook.com/boitempo | twitter.com/editoraboitempo
youtube.com/tvboitempo | instagram.com/boitempo

SUMÁRIO

ANJO 7

CARAXUÉ. 11

CRIME BBB. 21

DOMINGO 23

AQUI SE FAZ... 27

EU SOU MUITO DOIDA, EU 30

FALE, GAROTO. 33

FOGOIÓ 37

MOTEL FIRENZE 39

NÃO TENHO CULPA. 56

LESO. 59

O AMOR ENTRE NÓS 62

O CORRE. 80

O NOSSO AMOR NÃO PODE MORRER 82

RECORTE 86

TODOS TÊM SEU DIA. 90

EU JÁ MORRI. 92

ANJO

EU ERA MOLEQUE E passava todos os dias pela 3 de Maio, na baixada da Matinha, subindo para as aulas no Vilhena Alves. Ela ficava sentada, esparramada em uma cadeira velha, na calçada, em frente à casa, dona do lugar. Uma imperatriz ciente de seu poder. Os cabelos, revoltos, tinham sempre uma ajudante a pentear. O pente deslizava longamente, e ela às vezes fechava os olhos, deliciada. Aparecia alguém, ela encarava, ouvia, a ajudante ia lá dentro, voltava, entregava, recebia alguma coisa e retornava à delícia do pente. Delzuíte, a rainha da Matinha. Perguntei para a mãe, que desconversou. Não te mete por lá ou levas uma surra. Aumentou a curiosidade. Uma vez, Delzuíte não estava na porta. Dentro da casa, escura, havia um pequeno caixão. Sei lá. Um ano depois, talvez, outro caixão. A mãe disse que era da fazedora de anjos. Como assim? Passa o tempo. Já tinha 15 anos e saía pela noite, com amigos. Claro que fumávamos maconha, vendida pela Delzuíte. Agora eu sabia as restrições da mãe. Não tínhamos dinheiro, fazíamos uma coleta, e o fumo passava por todos. Só uma animação, mistério, coisa de rapazes. Uma noite, vinha sozinho. Foi então que a vi. Pele negra, cabelos lisos, até a cintura, encostada na mureta do canal. Fumava e soltava a fumaça em longos sopros. Era Yemanjá, filha de Delzuíte, figura lendária na Matinha. Passava as noites por ali, fumando. Os colegas falavam dela como algo inalcançável.

O mistério era maior porque ela era a tal "fazedora de anjos". Engravidava e perdia, todos os anos. Por isso a sua tristeza, melancolia, noite adentro. Fui passando perto, como quem não quer nada, querendo. Ela chamou. Ei, branco. Vem cá. Eu? Hum, pensas que eu já não te vi te abicorando e me olhando? Desculpe, dona Yemanjá. Que dona, que nada. Para com isso. Tédoidé? Queres me fazer velha? Conversamos a noite inteira. Nunca toquei no assunto dos anjos. Me apaixonei de primeira. Desejo. Sonhava com ela. Vinha andando e ela surgia, nua, negra, os cabelos em brasa e, quando tentava ir, aparecia um homem branco, todo de branco, e me dizia não vai. Perigo. Acordava excitado, assustado. E passava à noite. Estávamos lá, fumando e chega um homem. Quem é esse? Ela disse que eu era o branco dela. Só pra conversar. Ela fez um sinal, deu um tchau rápido e foi com ele. Fiquei naquela mureta de canal arrasado. Ainda era um moleque. Foi isso o que ela me mostrou. Mas na noite seguinte voltei. Os colegas faziam graça, invejosos. E eu fazia com que pensassem que me dava bem. Havia até um respeito. Eles tinham namoradas e até nem eram mais virgens. Eu tinha a minha. Yemanjá. Meus sonhos preferidos eram com ela. Não me disse nada sobre o que aconteceu. A barriga começou a crescer. Entendi. Me afastei. Fiquei pelos cantos. Calado. Agredido. Evitava passar por lá. Disse que havíamos brigado. Estudava para as provas. A mãe comentou achando graça. A fazedora de anjos entregou mais um. Saí correndo. Lá estava o caixão. Não tive coragem de entrar. Vigiei e ela não aparecia na mureta. Apareceu. Fui chegando. Meu branco sumiu?

É. Estava estudando. Eu sei, eu sei. Estás com quantos anos? Dezesseis em dois meses. Não deu certo? Não. Mais uma vez. Aspirou fundo e soltou a fumaça. Parece uma pssica. Na noite seguinte, cheguei cheio de ideia. Yemanjá, balbuciei, a gente podia casar. Te tirar daqui. Tenho o estágio e logo faço vestibular, tenho emprego. A gente morava no meu quarto, lá com minha mãe. Ela riu amarelo. Casar? Eu e tu, meu branco? Só me faltava mais essa. Eu sonho contigo todas as noites. Muita gente sonha. O meu sonho ninguém realiza. Quem sabe comigo? Tu és ainda um moleque, meu branco. Se bem que... Me olhou de cima a baixo. Tu já estás bem grandinho. Bonitão. Mas deixa pra lá, meu branco. Vai atrás dessas periquitinhas que vivem olhando pra ti. Vamos ficar amigos, como sempre. Engoli. Mas voltei e voltei e voltei. Me aproximei. Ela deixou. Beijei seu pescoço. Seu cangote. Senti aquele cheiro de almíscar fortíssimo. Ela amoleceu. Meu branco. Tu sabes onde estás te metendo? Sei. Eu quero. Vem cá. Me levou pela mão até a casa, de madeira, toda torta. Pediu silêncio. Delzuíte dormia. Um quartinho. Cheiro de mofo. Suor. Atulhado de roupas. Cama desarrumada. Sentei. Ela tirou a roupa e eu perdi a virgindade. Aquela pele negra, os cabelos, o cheiro do sexo. Mergulhei naquela mulher Amazônia sem passagem de volta. Ela me ensinou, orientou. Suas pernas longas fechavam meu corpo, apertavam como uma boiuna. Sua boca sugava a minha, e seus olhos desvendavam meus pensamentos. Agora, todas as noites, assim. A mãe cobrou. O pai preocupou. As notas caíram. Ela me esperava na mureta. Uma noite, Delzuíte apareceu. Quem é esse pivete? Meu branco, mãe, não se meta. Me olhou e atravessou minha alma, como quem vê passado, presente e futuro. Deu de ombros e foi. Tu ainda queres casar? Tô grávida. Eu sentia orgulho de macho, medo do futuro. Meus pais não sabiam. E eu não parei de estar com ela. Estava no cursinho pré-vestibular e vieram me chamar. Ouvia de longe os gritos. Chegou a ambulância. Quem é o pai. Me olhavam assustados. Ela era um mulherão, adulta. Eu era um adolescente metido a adulto. Esperei até que veio a notícia. Um menino. Mas a mãe não suportou. Fez um silêncio estrondoso no meu peito. O amadurecimento de uma vez. O menino ficou com meus pais. Eu no velório. Escuro. O cheiro. As orações, diferentes. Clientes indo e vindo. Quando voltei do enterro, Delzuíte me chamou. Ela queria tanto um neném! Me trazes ele, de vez em quando, só pra eu ver? Não conta pra ele nada dela. Essa vizinhança é muito fofoqueira. Vai viver a tua vida, tu e o meu neto. Mas não te esquece dela. Linda ela, não era, ela? Lá se foi, enorme, lenta, atender seus clientes. O menino cresceu, joga futebol com os amigos, moleque de rua. Seu nome é Anjo.

CARAXUÉ

FILOCREÃO, OU FILÓ, PARA a maioria, deu a letra para Firmino, seu primo. Precisava voltar para Nhamundá. Não disse os motivos. Mas passou seu antigo ponto de trabalho, no quarteirão entre a Presidente Vargas e a Primeiro de Março, na Riachuelo. Veio na hora certa. Firmino estava desempregado e dependia da igreja para sobreviver com a esposa. Não tinham filhos. Ela era estéril. Na segunda, Firmino estava lá, rente, às sete horas da manhã, assumindo o posto. Precisou botar pra correr o Marquinho, que viu a área sem dono e já tentou se empoderar. Mas não resistiu. Como era crackeiro, não tinha condições de ser responsável por nada. Firmino percebeu que era uma mina de ouro. Coisa de trinta a cinquenta reais por dia, o que era uma nova vida. Bastava ficar por ali, com um pano velho jogado no ombro. Orientava quem buscava uma vaga para estacionar. Na hora da saída, fazia um jogo que logo aprendeu, colocando-se ao alcance do motorista, em uma posição que, ao mesmo tempo que mostrava que tinha vigiado o carro, também não ameaçava ninguém. O motorista baixava o vidro e lá vinha a moeda de um real, a nota de dois, com sorte até cinco reais. Outros pediam que jogasse uma água no carro. No primeiro dia, conseguiu emprestado um balde e fez o serviço. Dez reais. Alguns dias depois e já estava equipado. O dono do pedaço. Evangélico, tinha sempre à mão a Bíblia, que consultava enquanto os carros estavam parados.

Agradecia as gorjetas com um "Deus lhe favoreça". Os antigos clientes do Filó gostaram muito, pois se sentiam um tanto ameaçados na hora da partida. Às vezes, Filó parecia estar drogado, confuso e tenso. Firmino era evangélico, respeitador, leitor da Bíblia. Às oito da noite, voltava para casa, pegava a mulher e ia para a igreja agradecer e deixar seu dízimo. Agora, havia um novo pastor, moreno forte, jovem, com voz grossa e intimidadora, sempre chamando atenção para as tentações das ruas. A preservação do casamento. A necessidade de procriar e encher o mundo de pessoas tementes a Deus. As pregações causaram grande impressão em Eloína, a esposa de Firmino. O sexo, antes quase diário, virou semanal, com muita insistência, e agora cheio de pudor, oração e a desculpa de ser meramente a tentativa de procriação, que não acontecia. Firmino estava confuso entre a voz grossa do pastor e as delícias do sexo.

Elas chegaram de maneira bem natural e se aproximaram, depois se encostaram na parede do prédio, na Riachuelo, ponto de Firmino. Algumas com mais de quarenta anos, talvez. Prostitutas. Quando Firmino reclamou, disseram que estavam ali antes de ele chegar e que, se não ocuparam logo o lugar, foi por medo do Filó, que era uma pessoa estúpida. Levantou o braço e avisou que era evangélico. Atravessou a rua e ficou do outro lado. As "meninas" são o pelotão final da prostituição que já foi grande nas imediações. Agora, mesmo já não tão jovens, passam o dia ali, aguardando clientes. Senhores aposentados, solitários, já não há nem discussão de preço. Saem discretamente para algum dos quartos em casas aparentemente fechadas, nas redondezas. Fora isso, são engraçadas, contando causos, apelidando passantes, curtindo, hoje, mais do que a espera, o mundo que passa em sua frente. Firmino olhou, olhou e acabou atravessando, de volta. Telma, Raimundona, Corina são os nomes, não necessariamente de guerra. Firmino atravessou para levar a palavra de Deus. Abriu a Bíblia e leu alguns trechos. Naquele dia, a conversa foi boa e honesta. Elas gostaram dele. Quando voltou para casa, achou melhor não contar nada para Eloína. As mulheres são implicantes com outras mulheres, e ele não tinha culpa na consciência. Pelo contrário, talvez salvasse algumas almas.

Nem tudo são rosas. Apareceu o Cabo Cordovil. Aquilo era área dele e precisava pagar uma ponta. Firmino pensou recusar. Olhou para as "meninas" e elas fizeram sinal que pagasse. Pagou. Elas também passaram algum. Ele foi embora com sorriso no rosto e nesse dia a conversa miou.

Foi então que apareceu Dodora. Jovem, negra misturada com índia, cabelos escuros, longos e fortes. Um corpo como uma onça. A primeira vez em que ela passou agarrada a um gringo, todos abriram espaço, as "meninas" ficaram fulas. Firmino percebeu que era coisa de mulher. Perguntou o nome, elas disseram. Naqueles últimos meses, chegara de Garrafão do Norte e já conquistara o trono de melhor puta do pedaço. Também mexia com macumba pesada e ai de quem ficasse inimiga. Seu cafetão era o Dudu, o trafa da zona. Enfim, um pedaço de mau caminho. Firmino pensou que tinha sorte em ter sua Eloína em casa, embora, nos últimos tempos, fissurada na mensagem do pastor. Essa Dodora era de encher os olhos. E o inspirara. Aproveitou o movimento pequeno naquela tarde de sábado e foi para casa mais cedo. Eloína não estava. O bilhete dizia que já tinha ido à igreja, onde agora era obreira. Que a encontrasse lá. Firmino broxou com isso, pois estava animado. Chegou no templo e Eloína estava trabalhando, recolhendo dízimos, arrumando os papéis, enquanto o pastor iniciava sua pregação. Foi difícil se concentrar. Dodora ocupava sua mente. Mais tarde, em casa, tentou se aproximar de Eloína, que disse não. Estava de bode. Eita. Esperou que ela dormisse e foi ao banheiro bater uma. Já nem lembrava como era, mas não, ninguém esquece. Dodora na mente. Dodora.

No domingo, logo cedo, no batente. Aos domingos, a Praça da República ficava lotada. Era dia de grandes lucros. Mas não tinha a companhia das amigas. Nesse dia, não trabalhavam. Uma era casada, a outra era avó e Corina descansava. De repente,

Dodora surge, cambaleante, bêbada, vestido amarrotado. Estava amarrotada. Senta na calçada e fica vomitando. A alma evangélica de Firmino se comoveu. Foi até lá perguntar se estava tudo bem. Precisava de alguma coisa? Ouviu um "vai te foder" e, depois, "vai tomar no cu". Surpreso, magoado, quis abrir a Bíblia, mas o livrinho foi parar no chão. Quando se abaixou para pegar, deu com a cara nos seios de Dodora, tipo em oferta, negros, os bicos mais negros ainda, grandes, jovens. Tá olhando o que, filho da puta? Vaza! Chamou o moleque do café e comprou uma dose. Aceitou. Sem palavras. Depois, repetiu "vaza". Foi cuidar de sua responsabilidade. Ia saindo um carro, entrando outro. Quando olhou, não estava mais. Benzeu-se, abriu a Bíblia, abriu em qualquer lugar e leu para se acalmar. Os seios de Dodora.

O movimento caiu à tarde e ele foi para casa. Eloína já estava na igreja. Ficou confuso. Ciúme, medo do pastor, medo de Deus castigar. A esposa estava ajudando em obra sagrada. Olhou para um lado, para o outro, e foi bater mais uma. Para os seios de Dodora. A pregação do pastor entrava por um ouvido e saía pelo outro. Os seios de Dodora.

Na segunda, o papo estava animado. Uma contava das reinações do neto, outra do que vira no Silvio Santos, o passeio até Outeiro com o marido. Dodora chegou. Todos calados. Queria te agradecer. Pedir perdão pela grosseria. Por ontem. Obrigado. O que eu posso fazer pra te agradecer? Um silêncio mortal, diante daquela oferta. Nada, Dodora, eu apenas socorri alguém que precisava de ajuda. Tu és um cara legal. Como é o teu nome. Firmino. Tá bom. Tu és um cara legal. Fui com tua fuça. E foi embora com aquele andar felino arrasa-quarteirão. As meninas o cercaram. O que aconteceu. Contou. Ficaram enciumadas. Falaram mal. Essas putas novas não respeitam ninguém. Essa ao menos veio pedir desculpas. Mas Firmino não ouvia. Flutuava naquela voz grossa, sensual, perguntando seu nome. Tu és um cara legal. Fui com tua fuça. A Telma cutucou. Firmo, o carro vai sair. Tás viajando? Correu. Quando voltou, elas já tinham o veredicto: não te mete com essa pequena. Tu vais te foder. A gente sabe o que está dizendo. A Corina disse que, se estivesse precisando, uma delas fazia, na amizade, pra soltar aquele tesão porque, tu sabes, gala sobe pra cabeça. Não, obrigado, sou casado e sou fiel, como Deus pede. Tá bom, elas disseram, com alguma ironia.

Eloína agora passava o dia na igreja. A casa desarrumada. Trabalhava tanto que, após a pregação, ele ainda ficava na porta da igreja, aguardando até que ela pudesse sair, cheia de respostas prontas, salmos para dizer de cor e mensagens de Deus. E Firmino no banheiro, batendo punheta. Os seios de Dodora.

Lá pelas dez da manhã, Dodora apareceu. Sentou com a turma, como se fosse assídua. As meninas ficaram um tanto arredias, mas Dodora tinha humor e charme. Depois de algumas piadas, ela pergunta se Firmino era casado. Casado e muito bem casado, evangélico, como Deus pede. E tu és feliz? Aquela pergunta foi como um murro bem dado. Balançou e disse que sim. Mas, por dentro, achava que não. Como podia ser feliz se a mulher virara uma santa e nem sexo fazia mais? Sou muito feliz, graças a Deus. E continuaram conversando. Firmino percebeu o olhar. Ela o lambia dos pés à cabeça. Aquele olhar. Ficou tímido. Vou passar pano em um dos carros. Não resistiu e voltou para a roda. As meninas estavam à vontade. Dodora era irresistível. Firmino olhava para ela, que não tirava o olho dele e pensou em sua figura humilde. O que tinha a oferecer? Não era bonito, não era rico, não sabia palavras bonitas, o que será que ela tinha visto nele? Vai ver queria ridicularizá-lo. Aguardava uma manifestação sua para dar de ombros e reduzi-lo a pó. Os pés de Dodora. Uns dedões grandes, unhas pintadas de vermelho. Unhas grandes nas mãos. Gente, aquilo era uma arma. Estava de colã de onça, blusa de alcinha e os seios, livres, balançavam. Sabia que Deus estava olhando. Testando. Seria melhor sumir, desaparecer daquele ponto, provar que resistia às tentações? Depois, tomar a iniciativa, nunquinha. Um macho do outro lado fez sinal e ela se foi dizendo alegremente que ia trabalhar. Ficou olhando aquela figura rebolando, senhora da cena e do impacto causado. As meninas se incomodaram mais uma vez. Não tem nada a ver. Sou da Eloína. Se tivesse de me meter com mulher, me metia com vocês que são minhas amigas lindas. Não sou criança, sou casado e isso aí não é pro meu bico. Mas ela estava te tirando, cara. Pensa que não vimos? Mas comigo não vai colar. Já tinha colado. A bunda de Dodora. Os cabelos de Dodora. A boca de Dodora. Os dedões do pé de Dodora. Meu Deus, os seios de Dodora! O ônibus passou do ponto. Estava em devaneio e não viu. Naquela noite, cobrou Eloína e ela acabou deixando. Estava enfuderado e ela se assustou com o apetite. Continuou na cena que era apenas para procriação. Que ele nem gozar devia ter gozado. E quem era a tal de Dondoca que ele havia murmurado. Tédoidé? Não disse nada. Então te benze e pede pra ele nos dar logo um filho.

Três dias e Dodora não apareceu. Nada tinha graça. Fingia curtir a companhia das meninas. Chegou Dudu, cobrando Telma. Tirou dos seios o dinheiro. Ele entregou um pacote. Foi pro mesmo lugar. Diminuiu. Foi, diminuiu. Mas logo aumenta. É. Dudu olhou para Firmino, de alto a baixo. E tu, já és cliente? Não. Sou evangélico. Também não tenho problema com quem usa. Olhou para as meninas. Fica frio. É de confiança. Soube desde os primeiros dias. A operação é rápida. Passam com o dinheiro escondido nas mãos. Pagam para uma e recebem da outra. Seguem adiante. Novos e velhos, bem vestidos e fodidos.

Era fim de tarde. As meninas se preparavam para a saideira. Dodora apareceu. Toma uma comigo ali na taberna? Não bebo. Então me faz companhia. Como negar? Mandou descer uma Devassa. Porra, hoje o cara me arrombou. Eu fiz ele gozar logo, mas não amoleceu a pica e quis botar no cu. No cu, é mais cinquenta! Eu pago! Puta que pariu. Pra gente não tem vontade. Te machucou? Não, porque eu gozo, embora seja puta e estava bem melada também no cu e ele conseguiu entrar, mas, puta merda, foi foda. Tu já foste à igreja? Ih, mano, não vem com esse papo senão vai ficar ruim. Também não vem perguntar por que eu sou puta, porque sou bonita e tals. Gosto de foder. Vivo minha vida e não dou satisfação pra ninguém, tá ligado? Toma um copo. Não. Toma, só pra brindar. Tomou. A cerveja desceu gostosa. Há muito que não bebia. Gostei de ti. No primeiro dia, quando fui escrota contigo. Não sei o que é. Tu és feio e fodido, mas pra mim és lindo e gostoso. Vai explicar. Dodora, eu sou casado, porra. E agora eu te pergunto de novo: tu és feliz? Mas a Bíblia... A Bíblia porra nenhuma, Firmo. Tu és feliz? Não. Tá vendo? Não sou feliz. A minha mulher vive na porra da igreja e agora só quer trepar se for para fazer filho, uma vez por mês, sei lá. Porra, Firmo, isso é foda. Vive na igreja? Ih, cuidado que o Ricardão também está nas igrejas. Nada, desculpa, sacanagem. Sabe que puta tem a boca suja. Desculpa. Olha, Dodora, obrigado pelo papo, mas tenho de ir. Vai pra igreja? Vou, né? Tá bom. Amanhã a gente conversa? Claro, amiga. Tchau. Vem cá, deixa eu te dar um beijo. Dodora beijou seu pescoço e ele sentiu seu cheiro, o cheiro do seu cabelo e a potência do beijo. Tchau. No ônibus, perdido em pensamentos. Ela me beijou. Ela me beijou. Quando chegou, a pregação já tinha começado. Eloína olhou feio. Comprou Mentex na porta para disfarçar o cheiro de bebida.

Na esquina com as meninas. E Dodora. A conversa era sobre fodas estranhas. Dodora comandando. Falou de suruba com marinheiros franceses que vieram da Guiana. Falou de beijo grego. As meninas não conheciam com esse nome. Falaram em cuceta. Ele não sabia nada disso. Tu deixas, Firmo, fazer fio terra em ti? Nunquinha. Deus não pode achar isso normal. E todas riam dele. E Dodora não tirava o olho. Devorava-o. Ele de pau duro. Bastava ouvir Dodora falar, com aquela voz grave e sensual. Que tortura. Vamos tomar uma na taberna? Raimundona foi, também, mas logo saiu porque precisava fazer o mingau do neto. Juízo, hein, Firmo? Apenas sorriu. Nessa noite, Dodora falou de sua vida em Garrafão do Norte. Engravidou e perdeu o bebê dela com o prefeito. Ele a expulsou. Ia acabar com seu casamento e carreira política. Amadureceu. Criou raiva da sociedade. Decidiu viver sua vida sem dar satisfação a ninguém. Sabia que era bonita. E esse Dudu? Quem não tem um cafa está fodida. Tem muito malandro, cara de vida errada, filho da puta e assassino por aqui. O Dudu é dono da área. Controla o tráfico, controla minha vida de puta e mais umas duas. Fico tranquila. Tenho de ir. Já? Toma mais uma. Não dá. Tchau. Vem cá. Beijão na boca. A língua de Dodora. Os lábios quentes. Derreteu, mas resistiu. Até amanhã, Dodora.

No dia seguinte, Dodora. No fim da tarde, taberna, mas não vai ainda. Hoje, tu vens pro meu quarto. Foi como um autômato. Foderam por duas horas inteiras, em que ele aprendeu todas as novidades que não conhecia. O corpo de Dodora, negro. Os grandes lábios da boceta eram rosa, quase vermelhos. O gosto da boceta de Dodora. Os pentelhos de Dodora. O cu de Dodora. Saiu nas nuvens. Quando chegou à Igreja, Eloína o aguardava na porta. O culto tinha terminado há tempos. O que houve? Cheiro de bebida. Estás bêbado, aqui na frente da casa do Senhor? Que pecado! Não foi nada. Encontrei um amigo do Filó e tomamos uns tragos, só isso. Te ajoelha aqui mesmo, vamos! Te ajoelha e pede perdão! Obedeceu. Quem disse que dormiu. Dodora ocupava sua cabeça e as estripulias todas. Dodora, Dodora.

No dia seguinte, a mesma coisa. No dia seguinte, a mesma coisa. Apaixonados. Firmino olhava-se no espelho e não entendia. O que ela vira nele? Coisas de mulher. Firmino era um homem feliz e pronto. As meninas já aceitavam Dodora, porque tinham percebido o amor. Nem todos. Estavam todos rindo de alguma coisa quando um bofetão no rosto de Dodora estalou! Puta filha da puta, vai trabalhar, caralho, que tu não faturas mais nada! Essa boceta encalhou? Vai te embora antes de pegar mais porrada, caralho! E outro trampesco no pescoço. Humilhada, foi embora na direção da Padre Prudêncio, onde fica seu quarto. E vocês, porra, cadê o dinheiro? Mãos nos seios, dinheiro entregue. Olha para Firmino. E esse caraxué aí? Olha aqui, filho da puta, essa puta tem dono, tá ligado? A lei aqui na zona é muito clara. Tu queres morrer? Queres morrer, porra? Estás avisado. E foi. Ficou o silêncio. O silêncio dizia "nós bem que avisamos". Mas era tarde demais, todos sabiam. O livrinho da Bíblia não lhe dava mais conforto. Apenas o corpo de Dodora, a voz de Dodora pedindo mais, dizendo que o amava, Dodora gozando, Dodora deitada ao seu lado, pós-sexo, ronronando. Era tarde demais. Mas pensou que não tinha condições de enfrentar o Dudu. O cara era forte, violento. Talvez pudesse denunciar o tráfico, mas isso ia se voltar contra as amigas de sempre e isso ele não podia fazer. Que dilema.

No caminho para a igreja, dona Osmarina encostou. Vai buscar a dona Eloína, é? Vou, sim senhora. Ela agora trabalha muito para a igreja, né? Sim, a obra de Deus. Quer dizer, o pastor também vai rezar com ela todos os dias de manhã, na sua casa, sabe? Passa a manhã inteira por lá. Mas o senhor sabe disso, né? Sei perfeitamente, dona Osmarina. Boa noite. E saiu sorrindo ironicamente. Filha da puta. Na igreja, agora olhava diferente para Eloína e o pastor. Os cuidados com que Eloína preparava e entregava os detalhes para a pregação. A entrega da sacola de dinheiro dos dízimos. Na volta para casa, Eloína o achou estranho. Calado. Nada, não. Estou cansado.

Saiu de casa no horário de sempre, mas não foi ao ponto de trabalho. Fez hora por aqui e por ali. Esperou até dar umas dez horas e voltou. Entrou silenciosamente. Eles estavam nus, amando-se furiosamente. Ficou assistindo, a raiva crescendo. Pegou a trava da porta da casa. Ele estava por cima dela. Eloína viu e sua face congelou, quando o pastor recebeu a pancada nas costas. Caiu de lado, no chão. Eloína atrás, tentando proteger o amante, desacordado. Respirando forte, prestes a vomitar, apenas exclamou "filha da puta", e saiu da casa. Andou sem rumo. Lembrou de Dodora. Quem sabe ela não largava aquilo e os dois ficariam juntos? Quando chegou no ponto, percebeu a confusão na Padre Prudêncio. Dois moleques passaram e gritaram que ele era o caraxué da Dodora. Isso aumentou sua aflição. Com as pernas bambas, chegou à rua. Todas as putas, caraxués, trafas e cafas, donas de pensão reunidos. Dodora, nua, sendo espancada por Dudu. Dava-lhe chutes no corpo todo. Alguém trouxe uma tesoura e ele cortava seus cabelos. Os cabelos de Dodora! Precisava agir, mas tinha medo. Não daria conta. Raimundona desesperada. Corina mandou Telma buscar o Cabo Cordovil. Lá veio ele com toda sua prepotência. Estava achacando a Socorro e seu carro de bombons na parada de ônibus. Graças a Deus. O Cabo segurou a mão de Dudu, que respeitou. Pegou Dodora e a pousou no chão, onde chorava convulsivamente. Qual a razão para isso? Essa filha da puta tá grávida, buchuda! Quem é que vai querer uma puta de bucho grande? Chegou a viatura da Polícia. Juntaram Dodora e a levaram. Mas não era o Dudu que tinha de ser preso? Não me meto em briga de cafetão e puta. Melhor ela ser presa. Sai em três dias e tudo fica bem. Agora, vai todo mundo embora. Vamos, quem é puta que vá trabalhar. E tu, Raimundona, cadê a minha ponta? E esse caraxué? Paga logo, safado. Já viste o que tu fizeste com a moça? É culpa tua, caralho. Firmino afundou na esquina. Amanheceu ali. Agora não tinha mais casa, nem mulher, nem Dodora. O filho seria seu? Seu primeiro filho, que Eloína não lhe dera?

Dodora não voltou. A hemorragia na barriga, o aborto forçado, mau atendimento. Ela se foi. O pastor ficou tetraplégico com a pancada de Firmino. Agora, morava na casa com Eloína, enfermeira dedicada e amante. Firmino vive na rua. Continua no ponto, amigo das meninas, que arranjam comida e algumas roupas. Já não tem mais humor algum. Ficou taciturno e nem a travestriste consegue qualquer sorriso, com suas micagens. O rosto fechado, macilento, corpo precisando de banho e bons cuidados. Divide com Marquinhos trouxinhas de pasta. A vida continua passando naquele trecho da Riachuelo, entre Presidente Vargas e Riachuelo. Quem quer saber? A Zona não é para qualquer um.

CRIME BBB

O PLANTÃO DO *JORNAL NACIONAL* INFORMA:
Nota oficial da Rede Globo, a respeito dos acontecimentos que afetam a estreia do programa *Big Brother Brasil 21*.
A Rede Globo de Televisão comunica o adiamento da estreia do programa *Big Brother Brasil 21*, que aconteceria hoje, após a novela das oito. Adalberto Ramos, 26 anos, nascido em Joinville, Santa Catarina, um dos futuros integrantes do programa, foi encontrado morto em seu quarto de hotel, onde estava confinado. Os primeiros exames dão conta de um possível ataque cardíaco, embora todos os que estavam confinados tenham passado por rigorosos testes de saúde. Em respeito aos telespectadores e aos anunciantes, a estreia do programa está adiada até que uma solução definitiva seja tomada.

Assina Rede Globo de Televisão.

EM CHOQUE. TARCÍSIO ESTAVA deitado na cama, encolhido, assistindo ao noticiário. Escutava vozes assustadas no corredor do hotel. Alguém toca à porta. Ele abre e uma produtora entra, nervosa. Tudo bem contigo? O que aconteceu? O Beto, sabe, Adalberto, teu vizinho de quarto, está morto. Morto? Parece que foi um ataque cardíaco, AVC, sei lá. A Polícia está chegando, vai ser um escândalo. Te veste que eu estou levando todo mundo lá pro último andar. Bora, rápido, acorda, Tatá!

Enquanto pegava qualquer roupa, passava em flash o flerte entre os dois e o encontro combinado. E as câmeras? Os caras vão ver tudo. Já sei. Jovens, bonitos, trocaram beijos, carícias e logo estavam na cama. No auge da festa, Beto amoleceu de repente, como um balão furado. Estava morto. Perplexo, chamou, bateu no peito, soprou na boca. Nada. E agora? Escândalo, expulsão do programa e lá se vai a grana pra mudar a vida da família. Olhou em volta. Envelope do azulzinho, tipo, mais de duas drágeas. Puta merda, fodeu. Como entrou, saiu. Torpedeado por todos os pensamentos possíveis, encolheu-se na cama. Está tudo bem. Ninguém me viu. Não tive culpa. Foi um acidente. Puta, quem vai acreditar em mim? Bom, não sei de nada, estava aqui, deitado, vendo TV. A produtora pede para ele colocar um curativo no tornozelo, ralado.

Agora todos estão falando, descontrolados. Os BBBs reunidos, agitados, desapontados com o que tinha acontecido. Ainda não havia empatia entre eles. O grupo, na verdade, era um monte de individualistas, querendo ganhar um dinheiro. O *Jornal Nacional* agora fazia a cobertura. O repórter, na frente do hotel. A repórter especial, dentro do quarto, mostrando seu interior. O chefe das investigações entrevistado. Só Tatá que estava quieto, lagrimando de tanta tensão.

Atenção pessoal, os investigadores vão subir para falar com vocês. Digam a verdade, que ninguém aqui se conhecia, todos proibidos de sair do quarto entre as refeições e conversar. Ninguém sabe de nada. A emissora vai providenciar advogados para acompanhar tudo e cuidar para que tudo acabe bem para todos nós. E vamos manter a confiança, porque vocês querem o prêmio e nós queremos trabalhar.

DOMINGO

NÃO GOSTO DE IR à missa. Pior se for em um domingo. Pior ainda se for de manhã, cedo. Sete horas. Uma tortura. Mas o Max merecia. Foi um bom amigo. Sua morte chocou muitas pessoas. Covid-19, disseram. Mas ele parecia tão forte, resistente. Zagueirão na pelada, desses na base do "assim como ela vem, ela volta". Engraçado, boas piadas, ficava melhor quando "melado" de cerveja. Fiz o sacrifício. Igreja do Rosário, ali na Campina, antiga, pequena. Não era missa especial, e sim o padre, antes, diz o nome daqueles para quem a cerimônia será dedicada. A família lá na frente, alguns colegas de futebol. Quando chego, já havia iniciado. Sento nos últimos bancos, vazios. A Igreja católica não está em seus melhores dias, penso. Sentar nos últimos bancos vem desde a escola. Na frente, ficam os estudiosos. Lá atrás, é mais divertido e também a visão das meninas é melhor. Tento acompanhar a cerimônia, mas parece ser uma nova versão da missa e não sei mais nada do texto. Alguém chega e senta no banco, próximo. É quase uma aparição, às sete e pouco da manhã, na Igreja do Rosário. Alva, cabelos negros, curtos, em um vestido noturno, saltos e um cheiro de álcool. Não consigo parar de olhar. Há sangue no canto da boca. Ela parece tonta. Me olha pedindo ajuda. Ninguém mais presta atenção. Estão todos se abraçando. Aproveito e chego junto. Precisa de ajuda? Ela desaba em meu peito e murmuro algo como vamos sair daqui. No carro, sugiro tomar um café rápido.

Ela precisava, dava para ver. A Delicidade já estava aberta, no Palácio do Rádio. Com um guardanapo, aproveitei para tirar o sangue do canto da boca. Estava surgindo um hematoma ali. Então, me diz o que houve? Maldade de homem, ela disse. É difícil fazer um julgamento assim, tão prematuramente. Seria uma prostituta de luxo? Mais uma mulher agredida pelo marido, amante, namorado? A noite foi longa, dava para ver. Posso saber quem te bateu? Não sou puta, garanto. Sou uma investigadora particular. Mas não és daqui. Não. Sou de Ribeirão Preto, mas já circulei por aí tanto que já nem sei. Trabalho em São Paulo e vim fazer um serviço aqui. Ela boceja e seus olhos estão pequenos. Estás hospedada em algum lugar? Não, bem, isso é algo mais longo para contar. Bom, se quiseres, se não parecer escrotice, moro sozinho e tu podes dormir um pouco, para se recuperar. Mais um pouco e tu dormes em pé. Tá bom.

Moro sozinho. Solteiro. Sou considerado um bom partido. Um dos colunistas me apelidou de *Bachelor*. Ridículo. Deixa pra lá. Sim, na minha idade, já houve quem achasse que eu era gay. Não sou. As mulheres que já estiveram comigo não se queixam. Nada disso, não sou daqueles que se acha o tal. Fico na minha. Come quieto. E, sim, talvez ainda seja apaixonado por uma mulher aí. Coisa de adolescência. Primeiro amor. Mas é que eu não tinha bala para competir e o adversário tinha nome de família, campeão de tênis e os caralhos. Havia troca de olhares. Uma vez, em fim de noite na boate de um clube, dissemos algumas palavras um ao outro e rolou um beijo. Foi só. A família estava indo, ela murmurou um tchau e ocupou meu coração. Chato de admitir, mas me ferrou. Daí em diante, passei a acompanhar sua vida pelos jornais e vê-la nos mesmos lugares que frequento. Há olhares. Ela tem filhos. Família tradicional. O cara é um bobalhão que vive até hoje da mesada dos pais. Eu fui à luta, me meti no comércio e hoje sou dono de um lojão de eletrônica. Vivo minha vida, tenho minhas peguetes, viajo, passeio, jogo futebol, trabalho, mas quando deito e fecho os olhos, lá vem aquela mulher me deixar pensando no que poderia ter sido. Doença? Quem sabe? Mas sabe que talvez eu não queira ficar bem? Gosto de lembrar de seu sorriso, seu beijo, tantos anos depois. Pois é.

Candice é seu nome. Mostro a cama, tento arrumar um pouco. Vou até a cozinha buscar um copo d'água, sei lá. Quando volto, ela está deitada, nua, dormindo. E eu fico ali, contemplando aquele monumento. De onde estou, as longas pernas são hipnotizantes em um corpo esguio, com músculos, sim, ela malha, certamente, e o cabelo é curto, negro, em uma época em que todas usam cabelo longo e louro. Dou-me conta do quanto é bonita e temo. O que será que ela aprontou? Bonita, muito bonita, inteligente, independente. Quem pode ser tão estúpido a ponto de machucar esse rosto? Penso que é muita areia para o meu caminhão. Como já dormi e não tenho sono, resolvo dar uma volta, tomar um chope, passar em alguma livraria, comprar os jornais de domingo, enfim, as coisas de um domingo.

Quando volto para convidá-la para almoçar, lá pelas duas da tarde, já partiu. Um bilhete, obrigado. Tá bom. Era areia demais para o meu caminhão.

Segunda-feira. Saio do prédio para abrir a loja e sou abordado. São dois caras fortes. Leo, aquela mulher que estava contigo, ontem, está aí na tua casa? Que mulher? Sinto o cano de um revólver. A gente vai lá, contigo. Olha aqui, nunca vi mais gorda. Pediu carona, tomamos café, ela veio aqui, dormiu e se mandou. Pode olhar. Por favor, não quebra nada. Tô por fora. Olha, *véio*, a gente vai fazer campana. Tu não faz comédia que não pega nada. A gente já tem tua ficha. Quem são vocês? Cala a boca, porra. Vai trabalhar. Tem gente que vai te seguir. Se ela aparecer, os dois estão fodidos, tá legal? Tá claro? Fica tranquilo. Ela se mandou. Nunca vi mais gorda. Marquei tua cara. Tô doido pra te bater, mas fica pra depois. Tu é doido, cara. Eles me deixaram na rua e eu fiquei ali com as pernas bambas. Tu é doido, moleque? A gente se mete em cada uma! Porra, melhor ligar pro Dantas. Porra, o Dantas! Será que eu ligo? Esse pessoal tem noia e já vai achar que eu estou metido em alguma porra dessas e, puta que os pariu, vai encher o dia. Vai ver a Candice é uma dessas putas caras, deu um banho no cara, levou uns tapas e se mandou. Quem sabe levou alguma joia, alguma coisa do cara, e agora o corno está puto nas calças. Melhor levar meu dia e esperar que esse tremor passe.

Em uma ação cinematográfica, cerca de dez homens fortemente armados com fuzis de última geração assaltaram a residência de um comprador de ouro em Cumaru do Norte ontem à noite, por volta das 22 horas. Renderam a família e tomaram um bebê no colo para pressionar o dono da casa a atender a todas as exigências. Levaram cerca de 500 mil reais em joias, pepitas de ouro e dinheiro em espécie. Quando a guarnição da PMPA – Polícia Militar do Pará foi lá atender à ocorrência, seis meliantes já estavam esperando e crivaram de balas a viatura. Com os pneus murchos e sob a mira dos bandidos, os policiais militares precisaram levantar os braços e implorar para não morrerem. Rendidos e humilhados, tiveram de entregar todos os armamentos: dois fuzis, uma carabina e um saco de munição, com granadas. Dois PMs viraram reféns dos assaltantes, que os levaram em uma caminhonete Triton, todo o tempo ameaçando matá-los, e foram abandonados no mato, a cerca de 5 quilômetros de Cumaru, felizmente com a vida poupada e sem ferimentos.

Os criminosos seguiram rumo a Redenção, no Sul do Pará, e mais adiante deixaram também a caminhonete. Fugiram em um Renault Sandero Stepway vermelho, que queimaram em uma ponte na saída da cidade, para evitar que fossem seguidos, e passaram para outro veículo, que a polícia ainda não identificou.

AQUI SE FAZ...

PORRA, NATY, DÁ UMA forra ao menos, pequena! Tudo sou eu nesta porra desta sala, caralho! Ao menos ferve esses instrumentos! Alô, meninas! O que temos para hoje? Mais um porrilhão desses pobres do SUS! O que não se faz por uma graninha! O senhor nem sabe o que vem por aí. Olha só! Na maca, vem entrando Zazá. Dr. Amando riu. Se curvou rindo. Porra, Luciene, vai te foder! Puta que o pariu! Era só o que me faltava! Uma anã, caralho! Uma anã! Será que vão me pagar meia operação também? Quando eu conto lá fora ninguém acredita! E, olha (sussurrando), me disseram que é puta profissional... Amando curvou-se de rir! E tem quem queira pagar pra comer isso aí? Que mundo imundo, meu Deus! É preciso ser muito cristão! Sorte que vou à missa aos domingos e peço perdão... Quanto de dilatação? Ih, é pouco. Deixa eu ver. Sai rindo e escondendo a boca. Uma buceta de anã... Naty, tu já tinhas visto uma dessas? Virgem Maria, Luciene, para com isso! Tu já pensaste na hora de meter, como é? Será que o macho dela também é anão? Tu vais ficar é besta quando vires o pai. Égua do moleque bonito, viste! Ah, duvi-de-o-dó. Estás pensando que anã não tem seus truques? Zazá deu um berro na contração. Respira, mana, sopra, vai, sopra. Agora, com força. No três. Um, dois, três! Nada, dr. Amando. Vou passar a faca. Prepara a cirurgia. Todo mundo aqui vai ganhar mais. Quando o bebê saiu, levou a palmada, chorou e as enfermeiras foram examinar pra saber se era anão. Vocês são burras, nanismo nem sempre é hereditário, vão estudar, suas porras, nem que seja no Google, porra. Fecha aí, Luciene, que eu já tenho outro pra fazer. Essa nunca vou esquecer. Uma anã parindo na minha mão!

Ela lutando para parir e eles contando piadas com anões. Parto difícil, mas foi a raiva, a revolta contra o mundo que deram forças a Zazá para parir. Quando puseram a menina em seu colo para mamar, ela tocava o corpinho, para saber se era toda normal. Mas outra parte do coração jurava se vingar de seus algozes, prestando atenção nos rostos e nos nomes.

De volta à enfermaria, virou curiosidade. Todos iam lá para ver a anã que pariu. Ganhou até alguns mimos. Das enfermeiras que a sacanearam, somente Luana voltou para os curativos. Quando Gio foi visitar, hum, vieram todas as filhas da puta. Não vou esquecer nem uma delas. Também logo a dispensaram. Outra paciente precisava do leito. Gio nunca saberia que não era sua filha. O pai biológico era um cliente antigo, pagava bem, *cash*. Dava presentes. Foi um acidente. A camisinha estourou. Na hora, não deu bola. Enfrentou Gio e acharam de ter o bebê. Traição? Não, um acidente de trabalho...

Zazá mentalmente fazia sua lista: Amando Albanas, médico parteiro, Natasha de Paula, enfermeira, Luana Monteiro, outra enfermeira, Luciene Ribeiro, essa era a pior, enfermeira instrumentista. Nunca vou esquecer. Amando, Natasha, Luana, Luciene.

Gio chamou um táxi. Levava Adriana no colo, todo orgulhoso. Por que esse nome, Adriana? É alguma parente tua? Tua mãe? Tem uma atriz na TV. Record? Não, Globo. *Vale a Pena Ver de Novo*, de tarde. Adriana Esteves. Acho que sei, mas, poxa, Zá, ela faz uma mulher malvada... Eu sei. Sei muito bem. E então? Isso é comigo, Gio, tá?

Deixou a neném na casa de Etelvina, a vizinha. Só meia horinha, tá? Gio agora trabalhava à noite. Pegou o táxi e desceu próximo ao hospital. Lá vem ela. Com o namorado, a puta. Subiu na moto. Calça apertada. Isso lá é roupa de enfermeira que se preze! Voltou no dia seguinte. Escolheu Luciene. Uma por uma. Seguiu a moto. Desceu numa passagem do Curuçambá. Um barraco. Ela e o bofe. Já sei. Iam foder, com certeza. Vão é queimar no inferno, caralho. Noite seguinte. Mais cedo. Curuçambá. Desceu antes. Andou até o barraco. Ninguém à vista. Deixou mocozados dois litros de gasolina. Entrou na mata e esperou. Até cochilou. O neném trocava o dia pela noite e ainda tinha a boate. Ainda bem que Gio olhava de dia, embora dormisse também. Iam levando. Adriana era a luz da vida deles. Barulho de moto. Chegaram. Entraram. Zazá atenta. Tomaram banho. Transaram. Filha da puta. Imagina o tanto de mal que essa porra já fez hoje com as pessoas pobres! Cheiro de comida. O estômago de Zazá revirava. Estava na hora de dar de mamar. Mas hoje espera. Tem televisão. Novela. Urinou ali mesmo no mato. Silêncio. Somente as almas da floresta. Sorte não terem um vira-lata barulhento. Derramou o líquido nos cantos do barraco de madeira já muito gasta e seca. Acendeu. Pegou rápido. Correu para o mato. Precisava ver. Demoraram a acordar. Ela saiu, pegando fogo, se jogando no chão, se esfregando pra ver se as chamas apagavam. Ele nem saiu. Pronto. O povo correu para ajudar, mas era tarde. Se vivesse, essa tal de Luciene estava acabada. Está pagando pela língua. Essa foi por todas as moças pobres! Zazá pegou o táxi e correu para casa. Já passara da hora de Adriana mamar. Vem cá com mamãe, vem!

Eu Sou Muito Doida, Eu

VOCÊS DEVIAM CONHECER A Clea. Mulher alta, sem idade definida, canelas e pés grandes, uma cor que mistura índio e negro e uma cabeleira enorme, negra, bonita. A voz é de baixo profundo, bela, como quem sempre tem uma queixa bem no fundo. Acaba de reaparecer nos arredores da Primeiro de Março com a Riachuelo. Estava presa. Parece que nada aconteceu. Talvez tenha até engordado. Não é de falar muito, mas todos a consideram "de responsa". O rosto tem feições fortes, fechadas e, na testa, uma improvável tatuagem difícil de identificar por conta da cor da pele. Com algum pouco tratamento, penso que faria fotos de moda bem bonitas. Fizemos amizade e, de alguma maneira, ela cuida para que nada aconteça ao Cuíra. De vez em quando, aparece com uns presentinhos. Um brinco, uma pulseira, bem baratinhos, nada roubado. É prostituta e fatura seus caraminguás. Uma noite, havia qualquer desacerto na zona e ela chega e me diz ao pé do ouvido que não pode se meter. Sou foragida. Pensei na palavra que é utilizada para grandes bandidos, inclusive aqueles dos filmes de faroeste, que não perdia em vesperais eletrizantes no Cinema Paramazon, na Travessa Piedade, de onde voltava sem espoleta alguma. Eu assisti ao momento em que foi presa pela última vez. Talvez fosse noite de domingo e não havia espetáculo no Cuíra. A polícia parou e deteve um homem. Drogas, claro. Clea se meteu. Defendeu o cara. Argumentou tanto que o policial disse que ia levá-la também. Mesmo no escuro, percebi seu rosto contraindo. Quando percebeu que havia ido longe demais na argumentação, era tarde. A voz ficou mais fina. Começou a chorar e a dizer que havia apenas defendido o amigo. O guarda a tomou pelos braços e ela não reagiu. O carro da polícia foi breu adentro e não mais a vi por algum tempo. É preciso dizer que muito do seu charme estava perdido. Na mudança de turma ao redor do Cuíra, muitos levaram a pior. Saíram as prostitutas de mais idade, que ali ficavam esperando os tiozinhos que vinham com o dinheiro da aposentadoria, e entraram pivetões viciados em crack. Algumas prostitutas se foram. Outras trocaram de calçada. A Irene, especializada em sexo oral, de vez em quando passa. Diz que agora está foló, pela idade. A Cara de Cavalo foi para o outro quarteirão e é uma lutadora. Às vezes, sol e nove da manhã e ela aguarda uma possibilidade. Raimundona ainda espera. Outras, como Clea, se viciaram. É uma droga potente, mesmo que chegue batizada e rebatizada entre aqueles pobres-diabos. A gordura do corpo se esvai. Ela estava ancuda, caneluda, apenas o cabelo negando-se a miar. O tempo passou e ela voltou. Na tarde de domingo, vou à janela e dou com um dos crackeiros subindo em um poste bem alto, na esquina do Cuíra. Acima, percebo, há uma tábua estendida até o telhado do teatro. A essa altura, o crackeiro puxa e arrebenta o fio que ligava uma câmera da polícia. Tá tudo liberado, ele ri. Chamo 191, explico e, inesperadamente, três minutos depois, uma viatura chega. O soldado manda o crackeiro subir e tirar a tábua. Primeiro, diz que não fez. À ameaça do PM, ele, sem peconha, escala o poste com uma naturalidade olímpica e desfaz o feito. Vou até o teatro inspecionar se algo mais havia sido tentado. No caminho, vem a Clea. Poxa, Clea, dá uma olhada na galera. Olha só o que eles aprontaram. Eu tô chegando agora. Não me meto mais com esse pessoal, não. Nem me fale porque eu tô de passagem.

Pergunto se ainda está na droga. Ela balança a cabeça. Sim. Quanto custa uma pedra? Dez real. Poxa, Clea, tu és uma mulher ainda jovem, bonita, queres acabar com a tua vida? Ela me olha, como quem aceita o elogio, pensa na vida e responde: eu sou muito doida, eu.

FALE, GAROTO

FALE, GAROTO. ANDA SUMIDO, hein? Preciso de ti. Lembra o Skazi, o DJ israelense? Claro que lembra, né? Ele vem aí pra tocar. Estás nessa? Sei. Pois é, andas sumido, mesmo. Escuta, rola de vir aqui na rádio na sexta, fim de tarde? O Skazi vem dar entrevista. Meu inglês é capenga. Dá uma força? Te espero.

Como dizer não pro cara? Como dizer que havia saltado do barco há algum tempo. Que havia casado. Trabalho novo. Volta por cima. Vai ver é a mesma galera que trouxe novamente. Não, o tempo passou. Agora tem gente nova aí.

Clara, vou falar no rádio amanhã. Me ligaram. Um amigo das antigas. Jovem Pan. O Skazi, um DJ que faz sucesso no mundo inteiro, vem tocar aqui em Belém. Vai dar entrevista. Querem que eu traduza. Sabe como é. Fim da tarde. Tranquilo. Venho jantar. Quem? Na casa do teu pai? Tranquilo.

You, man! Aquilo foi um Abre-te Sésamo. Cheguei mais cedo. Clima de frisson. Muita garotada na portaria. Som de música dançante no ar. Meninas lindas vão e vêm. O Amadeu agradeceu. Mandou servir café e tal. Será que ele vai lembrar de mim? *You, man!* Ele disse e veio me abraçar. Chamou pelo nome, Leonardo, ou melhor, Leo. Atrás dele, vieram Nel, Cláudio e Beto. Eles se entreolham. Beto vem falar e dar um abraço. Somente então vem Cláudio. Nel dá um aceno, sei lá. A entrevista corre bem rápido. No começo, titubeio. Na segunda pergunta já engreno. Entendi até a metáfora. Saímos do estúdio. Skazi me convida para o show. *You're my guest,* Leo. Estou casado. Traz tua mulher. Enquanto esperamos a minha hora, botamos o papo em dia. Beto me entrega dois ingressos. É no Parque de Exposições, depois tem um *after* no Lago Verde, na casa da Tininha, tu lembras onde é? Sim. A gente se vê por lá.

O mais legal de tudo foi ele ter lembrado de mim. Do meu nome. Skazi é muito bacana. A gente se dá bem. O cara corre o mundo e lembra de mim. Quer dar um rolê no show? Depois lá da casa do teu pai. A gente entra, dá um abraço, dá o pivô e vaza.

Clara e eu no Parque de Exposições. A fauna por todo lado. Gatinhas cheias de luzes, algumas *fake*, outras dopadas. Todos com garrafas de água, porque rola muita sede, outros para compor o visual. Vamos pro cercadinho VIP. Meia-luz, mas vejo a galera. Parece que foi ontem. Para eles, penso que é a mesma coisa. E eu estou a léguas. Lá vem o Skazi. Perfeito. Fera. Antes da final, chamo Clara. Vamos. Mas já? Antes que saia todo mundo. Quem fica pra última prova é repetente. Já estamos quase no carro. O show terminou. Leo, o Skazi mandou te convidar pro *after*. Insistiu. Tu sabes, no Lago Verde. Ah, Leo, nunca fui lá. Vamos? É, mas olha a hora. A gente não ia no teu pai? Só um pouquinho, pra ver se ele vem falar contigo. Tá bom.

Lago Verde é um condomínio fechado e caro. Mansões, vigilância top, pois é cercado por conjuntos habitacionais baratos. O pai da Tininha é alguma coisa lá na Vale. A mãe se mandou. A Tininha manda. O pai nunca está. O terreno da casa é enorme. Pega quase todo um lado do lago, açude, no condomínio. Entramos e saímos, tá? Fazemos ato de presença. Também acho que não conheço mais ninguém. Já saí dessa. Agora tenho outra vida. A nossa vida.

O Beto vem logo falar. Passa uma champanhe. Duas. Não, só uma. O Nel está trazendo o Skazi na van. Vamos dar uma volta. Conhece quase todos. Há meninas novas. A turma pula e sua na improvisada pista de dança. Vem o Cláudio e pergunta se não animo de tocar um pouco. Nem pensar. Estou por fora. Clara pergunta onde é o banheiro. Apontamos. Ela volta. Está cheio de gente lá dentro. Vem a Tininha, com Sue a tiracolo. Clara não sabe de Sue, mas, quando Sue me olha, compreende tudo. Tininha leva Clara ao banheiro do seu quarto. Sue me pergunta se estou bem. Sim. Beto vê um conhecido e vai. Olha. E então. Falamos ao mesmo tempo. Essa é a tua esposa. E tu? É. Clara. Com o Nani, tem um tempo. Nani, menino rico, carro esportivo, traficante da alta. Mas não digo nada. Apenas penso. Olha, sem frescura, se tu quiseres uma cheirada, tenho aqui. Mas não sei se. Não. Vim aqui só pelo Skazi. Cadê ele? Tininha volta com Clara. Passa um garçom e pego uma vodca. Cláudio vem e me estende uísque. Não, tenho vodca. Eu tomo, diz Clara. Skazi chegou. Nel com ele. Nos abraçamos. Apresento Clara. Temos uma meia hora. Ele conta de suas andanças. *What about you?* Saltei do bonde. Pressão em casa. Cadê trabalho? Formado em Arquitetura, mas não era a minha. Meu sogro tem uma grande importadora e agora gerencio uma das lojas. Quer dizer, tem o cara que faz tudo e eu apenas fico por lá. É supercafona, produtos da China, já viu, maior exploração, mas tem a Clara. Se a vida é melhor? Não, cara, bom mesmo é quando ainda é adolescente, a vida é farra, dormir tarde, rir muito. Trabalho todos os dias. Trabalho chato. É isso o que eu quero pra mim? E o que posso querer? Não tenho queda pra nada. Talvez a brilhosa tenha queimado muitos dos meus neurônios, *man*. A galera vem buscar o DJ. Fazer as honras, circular, falar com a galera. *Skazi, it's showtime!* Você já quer ir embora? Clara tem olhar diferente e agora balança dançando. Ela diz que colocaram algo na bebida. Deixa pra lá. Vamos dançar. Dançamos. A vontade vem coçando forte. Quem sabe uma noite apenas, uma cheirada. Assim não vale. Clara está colocada. Sue me olha. Faço sinal. Deixo Clara dançando. Nem me vê. Sue estende. Aspiro rápido e forte. A cocaína entra feito um raio afetando meus olhos, dando um choque cerebral. Vejo duplo. Ok, agora está bem. Sue beija minha boca. Forte. De língua. Sinto o corpo que conheço me abraçando. Seus seios em meu peito. Desacelero. Afasto. Obrigado. Chego na pista e agora estou no mesmo pique. Mas logo precisarei de outra cheirada. Duas, três. Skazi foi para o hotel. Sentamos em roda. Como nos velhos tempos. Nel e Cláudio, Beto e uma moça, bem bonita, de saia e sem calcinha, que havia jogado para o ar em um momento de euforia, Sue e Nani, ela me encarando, ele cagando pra isso, Tininha e Bob, eu e Clara. E então vem uma louraça, coxas grossas, seios bombados, e se joga no divã. Beto me bate que é Keyla, recém-separada de um cirurgião plástico e que pirou, decidindo se vingar por meio do cartão de crédito do otário. Nas festas, quando o ex-casal se encontrava, cada um com outro parceiro, tudo podia acontecer. A moça do Beto não está bem. Mandaram fazer café forte. Nada. Beto sai para levar ao pronto-socorro. Sobre a mesa de centro, várias carreiras. Mas agora já passei do ponto e Clara tem sono. Chegamos em casa. Arranhei o carro na garagem. Clara dorme. Eu assisto ao amanhecer. E ainda tenho de trabalhar. No Lago Verde, a rave continuou.

Não durmo. Vejo o dia chegar. Tomo um banho, vou para a Importadora. Circulo. Bom dia. Estou acelerado. Pego o carro. Saio esgoelando o motor. Entro no Lago Verde. O *after* continua.

FOGOIÓ

NÃO FOI BARULHO QUE acordou Fogoió, mas o silêncio. De domingo, cedo. E não era domingo. Atabalhoado, passou da hora. Os carrinhos ainda lá, guardados. Cadê todo mundo? Não tem domingo nem feriado pra empurrar o material dos camelôs pro comércio. Nem Baldo, nem Chulé. Cadê os caras? Saiu do depósito. A luz do sol deu-lhe na vista. Porra, essa pasta do Pingola tá foda! Revirou o bolso e não encontrou nenhum. Vai pirangar um pão na Tivoli se o portuga não estiver. Silêncio. Cadê os carros? Cadê a gente? Maria na esquina do Teatro Cuíra? Nada. Nem o Pamica tomando conta dos carros podia adiantar uma ponta. Cadê todo mundo? O joelho doendo. Deus fez um arremedo de perna esquerda nele. Coxo. A vida inteira engolindo gozação, apelido. Vai lá na Banca do Alvino, quem sabe? Deserta. A Praça da República. As revistas e jornais ao vento. Tudo de véspera. Manchete: Amanhã será o fim do mundo? Babaquice. Vai nos Esportes. Papão começa a montar time para a Série B em 2015. Tá com largura! Cadê a galera? Pega um cigarro. Depois explico. Bate um vento forte. As árvores cantam e dançam. Os papéis. Caem mangas. Pega uma. Cheira. Hum. Come. Na Tivoli. Cadê o Raí? Ninguém. Nem portuga. Pula o balcão. Pega um pão cacete. Se esparrama em uma mesa. Toma um Baré. Vai no caixa. Bate. Soca. Não abre. Come outro cacete. Se farta. Bucho quebrado. Nunca se sabe. Vai até o Ver-o-Peso?

Nem carro. Nem gente. Pelo meio da rua. Anda, não. Coxeia. Experimenta um grito. Leãããooooo!!! Ecoa. Leãããoooo!!! Vai. Ouve barulho. Alguém. Frio na barriga. Porra, é a Pantera, que também puxa da perna. A Pantera, se arrastando. E aí? Ela estende bilhetes do Carimbó da Sorte. Vai correr amanhã. Prêmio especial pro fim do mundo. Que merda é essa de fim de mundo. Vai querer? Porra nenhuma. Lá tenho dinheiro pra Carimbó da Sorte. Cadê todo mundo? Que todo mundo? Cadê o Imperador? Quem? Teu macho, porra. Macho um caralho. Sei lá. Sumiu. Sumiu todo mundo. Só nós dois. Fogoió olhou para Pantera. Cabelo cortado rente. Duas muxibas. Puxando da perna. Gambitos. A xoxota usada. Espalhada. Olhou pra si mesmo. Adão e Eva? Isso é que é o fim do mundo!

MOTEL FIRENZE

CINCO DA MANHÃ. O celular toca insistente. Dona Babi? O que é? A essa hora é bom ser importante. O que é? É o Orlando, aqui do Motel. Fala, porra! Desembucha! Houve uma morte num dos quartos. Morte? E tu ligas pra mim? Não tem o Cosme pra ligar? Essa é boa! Desliga.

O celular toca. Puta que pariu! Tu és corajoso, mesmo, seu porra! Dona Babi, é que seu filho Vitinho... Quê? O que é o Vitinho? Ele estava no quarto com uma mulher... Ela morreu. Vítor. Vítor? Acorda, porra. Teu filho fez mais uma merda. Meu? Nosso. É maior de idade, ele que se foda. Me deixa dormir. Mas é que morreu uma mulher que estava com ele. E eu com isso? Ele que se foda. Chega de me meter. Vê lá tu que proteges ele. Orlando? Estás aí? Me conta essa coisa logo. Tu que és a culpada. Eu sempre disse. Vai te foder. Dorme então, caralho. Pois é, Orlando, desembucha. Ele apareceu aqui já de manhãzinha, sabe como ele é. Foi com a mulher lá pra suíte presidencial. Pediu bebida, comida, o de sempre. Aí apareceu no corredor interno já gritando, apavorado. Dona Babi, não se aborreça comigo, mas é que ele estava bem alterado, sabe? Não que eu queira... O que é? Nós fomos na suíte e a mulher estava toda suja de sangue. Tava morta. Tens certeza? Morta? Sim, morta. Aí foi aquele corre-corre. O Vitinho gritando, os hóspedes querendo saber o que era. A gente botou ele em uma sala na gerência. Ele está lá. Eu pensei em ligar pro

Cosme, mas, sabe como é, trata-se do Vitinho e eu decidi acordar a senhora, dona Babi. Tem mais uma coisa. O que é? A mulher é uma senhora. Senhora como? Idosa. Como assim? Uma senhora de uns oitenta anos. Pera lá, não sacaneia, cara. Está nua, na cama. Deixa eu entender: o Vitinho, de farra, comendo uma senhora de oitenta anos? Puta que pariu. Agora danou-se. Essa superou todas as anteriores. Está alucinado. Tá maluco. Não pode ser. Isso é alguma cilada. Estás me escondendo alguma coisa? Não, senhora, imagina. Mas, olhe, parece não ser a primeira vez que ele vem ao motel com outras mulheres bem idosas, viu? Quem é que diz isso? As recepcionistas lá no portão. Quando baixa o vidro, na entrada, pra se identificar, elas sempre olham, coisa de mulher, sei lá. A senhora vai querer falar com ele. Vai. Bota ele no celular.

Prática, Babi já planejava. Nessa terra de fofocas, a notícia já deve estar correndo. Vai ser um escândalo. Pior para os negócios. Não para as fazendas do porra do Vítor. Para a rede de farmácias. O nome da família. Tem de mandar esse moleque pra Salinas. Deixe ele entocado por lá. Liga pro Seabra, na Secretaria de Governo, para abafar. Não é à toa que pagamos proteção.

Dona Babi, vou passar o celular. Alô? Alô, Vitinho, meu filho! Alô, Vitinho, fale com sua mãe! Nada. Ele balbuciou alguma coisa e desandou a chorar. Dona Babi, ele está muito alterado... Vou mandar o Joca aí. Mete ele no carro e pronto. Segura a onda que eu vou tomar minhas medidas. Relax, relax. Fecha tudo. Deixa os hóspedes saírem, mas não recebe mais ninguém. Diz que fechou para ajustes no sistema de hotelaria. Diz alguma coisa. Depois te ligo.

Fala, Urubu! E tu, Piriquito, porque não vais tomar no teu cu, hein? O que é? Fizeste alguma merda e queres ajuda? Porra, filho da puta, tu ainda vais me agradecer. E olha que tu me deves umas cerpas aí. Então diz aí. Tô aqui no Motel Firenze, tu sabes, o dos bacanas. Sabe o filho da dona, aquele boyzinho, o tal de Vitinho, que vive metido em porrada, drogas e o caralho? Que é que tem? Veio pra cá com uma dona e ela morreu. Levou farelo. O moleque pirou. Tá mocozado na gerência. A casa fechou. Ninguém pode falar nada, nem sair, morou? Piriquito, valeu, mano, põe na conta mais umas cerpas. Vou dar um pulo aí.

Joca? Missão. Pode falar, dona Babi. Bom dia. Pega o carro e dinheiro. Vai no motel, pega o Vitinho, queira ele ou não queira e te manda pro Sal. Incomunicável, entendes? Sim, dona Babi. Nada de celular, internet? Porra nenhuma. Deixa jogar essas merdas de games e só. Fica lá até eu te chamar de volta. Missão dada, missão cumprida, patroa. Acho bom.

Seabra? Como vai o senhor, tudo bem? Desculpe o horário, neste sábado, mas é importante. Bom dia, Babi, tudo bem com o meu amigo Vítor? Está dormindo, tu sabes, ontem encheu a cara, se bem que todo dia ele enche a cara. Não tem o que fazer, enche a cara. Babi, não seja tão dura com meu amigo. Está bom, vocês se entendem. E a Florzinha está bem? Ainda está dormindo. Quer falar com ela? Não, Seabra, é contigo mesmo. Tive um problema no motel agora de madrugada. Uma mulher que estava na suíte presidencial morreu. Como? Estava em casal, a mulher morreu e o homem pagou e saiu. As arrumadeiras foram ao carro e encontraram o corpo. Quis ligar logo pra ti porque tu sabes, a nossa família tem o nome forte, muitos inimigos... Também quase ninguém sabe que somos donos de motel, enfim, preciso abafar essa situação e deixar a polícia trabalhar corretamente, mas sem estardalhaço, entendes? É um favor que me fazes, em nome da nossa amizade. Eu compreendo, Babi. Sei que é desagradável. Claro que vou mandar alguém até lá. Há um corpo a ser periciado, mesmo que ninguém saiba o resultado, procura por parentes, enfim, protocolo. Inevitável fazer perguntas aos funcionários, mas nada vai sair daí. Fique tranquila. Te agradeço muito, amigo. Mais uma vez, desculpa o horário da ligação. Fique tranquila. Um beijo para a Florzinha, minha parceira de canastra. E um abraço pro Vítor.

Aqui é o secretário de Segurança. Quem está de plantão? Delegado Cordovil, senhor. Chama. Bom dia, secretário. Preciso de ti. Pega teus homens e vai até aquele Motel de gente rica, na Centenário, sabes? Motel... Firenze. Isso. Uma mulher veio a óbito. Parece que o parceiro fugiu. Coisa simples. O problema é que tem de abafar tudo, entendes? É gente graúda, amiga do Gov. Vai tranquilo, não dá espetáculo, deixa imprensa de fora, não me deixa sair nada em internet, essas porras todas. Mas tem uma coisa. Quero saber tudinho. A gente sempre precisa ter uma boa carta na manga quando se está em um cargo desses. Pode confiar, doutor. A dona, lá, chama de dona Babi. Não me chama pelo nome de verdade, que é Glacilene, que ela tem raiva. Te liga, Cordovil, e vai me ligando. Doutor!

Orlando? Como está por aí? Tudo tranquilo. O Joca já chegou? Acabou de chegar. Faz o seguinte: primeiro, manda as arrumadeiras pra casa. Só voltam na segunda-feira. E bico fechado. Quem falar vai pra rua. Desliga as câmeras de segurança também. Entendeste bem? As arrumadeiras pra casa e as câmeras. A polícia vai chegar aí? A polícia, dona Babi. Fica frio. Já cuidei de tudo. Mas é que precisa fazer alguma coisa. Vão cuidar do corpo. Ninguém pode ver a saída desse corpo, tá? O guarda, sei lá, o cara que vai aí vai querer ver o filme das câmeras pra saber a chapa do carro do homem que fugiu. Aí não vai ter, viste? E ele vai deixar por isso. Responde às perguntas tipo não sei, só encontraram depois, olha, o turno das arrumadeiras acabou e elas foram pra casa. Deixa que eles não vão até lá procurar por elas. Vamos nos livrar dessa confusão e ver a hora em que o motel vai reabrir. Não pode fim de semana sem faturar. Vamo que vamo. Vou passar logo mais aí, mas deixa a polícia sair.

Teka, preciso de ti. Vamos no motel? Té doido, é? Vê se engraça com outra, Urubu. Eu vou é contar pra tua mulher, caralho. Eu, hein? Me mira, mas vê se me erra. Esquece a sacanagem. É coisa séria. Trabalho. Mataram uma mulher no Motel Firenze, sabe? Aquele dos bacanas. Foi agora de manhãzinha. Vamos lá, só tenho de entrar contigo pra ninguém suspeitar. Lá dentro, eu vou fuçar alguma coisa. Isso não é fuleiragem tua? Que fuleiragem nada, pequena. Pergunta pro Valdeci. Ele até liberou dinheiro pra pagar o quarto... O Roberval nunca me levou nesse motel... Também, pudera, a gente vai e sai cega porque eles cobram os olhos da cara. Ô trepada cara, porra. Mas, sim, mulher. Vamos? Ou então vou convidar a Suzana. Que Suzana porra nenhuma. Aquela mulher é um entojo. Vai ou não vai? Tá. O Valdeci sabe? Tá duvidando, vai lá perguntar então.

Barrados. Motel fechado para ajuste no sistema de hotelaria. Pediu ao Uber para deixá-lo na esquina. Perdão, querida. Fica pra outra vez. E despachou a Teka de volta. Não podia deixar aquele fato invisível. Rodeou o prédio. Ninguém em volta. Escalou o muro alto. Os fios do alarme. Estavam esgarçados. Arriscou. Nada. Câmeras. Foda-se. Estacionamento dos quartos e suítes, vazio. Chegou em uma. A porta não estava fechada. Era uma suíte. Teria sido quarto simples ou suíte. Não dava para adivinhar. Abriu a porta que dá para o corredor interno do motel, onde circulam apenas os empregados. Do corredor, não dava para saber. Fez seu próprio cálculo sobre o lado das suítes e dos apartamentos. Vou arriscar em um e outro. Para a direita, a esmo, abriu a porta. Nada. Quando voltava, ouviu vozes. Retornou ao quarto. Botou ouvido na portinhola rotatória por onde é feita a cobrança do que é consumido. Ficou.

Delegado Cordovil. Fui mandado por conta de um óbito que aconteceu em um dos quartos. O senhor? Sou Alejandro Cosme, advogado, representante dos proprietários, e este é Orlando, o gerente do motel. Onde está o corpo? Já trouxe comigo a viatura do IML para levar o corpo. Penso que isso é importante para vocês, hein? Sim. Precisamos reabrir a casa, há profissionais que precisam trabalhar. Vamos, então. Por aqui. Doutor Cosme, a respeito do homem ou da pessoa, ainda não sabemos, que se evadiu e estava em companhia dessa mulher que vamos ver, teremos imagens de câmeras de segurança, certo? Acho que... Não, não temos. As câmeras pifaram na última piscada de energia, há uns dois dias. Estávamos esperando a segunda-feira para reparar. Essa Celpa está foda, desculpe a palavra, doutor. Isso complica um pouco. Mas a recepcionista que fica lá na frente com certeza deve se lembrar do carro ou até do motorista, não? Pode ser, mas era bem cedo, trabalharam a noite inteira, encerraram o turno e foram para casa, descansar. Acho que mais tarde podem falar com ela. É aqui?

Urubu ouviu a conversa no corredor. Gelou pensando que poderiam abrir qualquer porta, inclusive a sua. Mas não. Iam direto até o corpo. Estava certo. As suítes eram do outro lado.

Mas é uma senhora muito idosa! Quem diria, hein? Com todo respeito. Vai ver que abusou. Vamos logo, turma. Dá uma geral no corpo e recolhe. Próximo aos controles de luz, som, TV e outros, havia trouxinhas com crack e também ampolas. Não podia dar certo. Idosa e consumindo esses brinquedos... Vai ver o outro coroa se assustou e se mandou apavorado. Doutor Cosme, desculpe as brincadeiras. É que para nós que trabalhamos na polícia cenas de crime já não assustam e até brincamos para espantar o estresse. Não se preocupe que vamos já limpar tudo e levar o corpo. Delegado, o senhor gostaria de tomar uma cerveja, fazer um lanche, talvez, venha comigo, enquanto a equipe faz seu serviço.

Passaram no corredor conversando amenidades. Era agora ou nunca, antes que levassem o corpo. Havia equipe na suíte. Arriscar novamente. Tirou da cama lençóis, colchas e travesseiro. Dobrou cuidadosamente, empilhou e saiu no corredor, levando, como se fosse funcionário. A porta aberta. Entrou como desatento. Os caras olharam. Foi direto no cadáver e levou um choque como mil volts. Recuou, pálido. Foi olhar novamente. Um dos caras o reconheceu. Urubu? Pôs o dedo no lábio. Silêncio. Sai daqui, cara. Não... A Joia! A Joia! Puta que pariu, cara, a Joia! Foi próximo. Ei, bicho, cai fora. Não vem atrapalhar o serviço. Cai fora ou vai pegar pro teu lado. Foi recuando, lágrimas caindo, voltou ao quarto, desceu ao estacionamento. Esperou. Ninguém. Escalou o muro. Deu o fora.

Ligou. Guariba, desculpa te acordar tão cedo. Puta, rapaz, desculpa, estou nervoso, espera, deixa eu respirar. A Joia, cara. Tu não vais acreditar. A Joia está morta. Acabei de ver o corpo. Precisamos fazer alguma coisa. Urubu, te acalma. Porra, cara, mataram a Joia, porra. Nós... Te acalma. Ela está aqui, conosco. Como é? Ela morreu. Fez sua passagem. Estamos velando o corpo aqui na Rio Mar. Não pode ser. Acabei de ver, cara! Escuta, Urubu, não sei como tu estás, mas olha, vem pra cá, vem. O pessoal todo já perguntou por ti. Chamou Uber. Olhava, distante, o prédio do motel. Polícia cercando. Tinha certeza de ter visto Joia naquela cama, ensanguentada. Morta. Chegou. Entrou meio sem graça. Joia sobre uma mesa. As putas novas e antigas. Os caras. Toda a corja. Uma vela. Alguém cantava um hino religioso. O Guariba veio. Conseguimos condução da Associação. Como tu soubeste? Que história é essa que tu contaste? Não sei, Guariba. Deixa pra lá. Vou dar a notícia. A cidade inteira precisa saber que a Joia morreu. Quem foi essa mulher.

Vamos passar antes ali no Água Floral, Joca. Tenho um bagulho pra pegar lá. Porra, Vitinho, tua mãe pediu pra gente ir direto, cara, vai sobrar pra mim. Fica frio. Tu estás comigo. Sem esse bagulho, não vale a pena ir pro Sal. Para, para aí nesse posto. Tu tem dinheiro aí? Compra uma garrafa de uísque. Do bom. Porra, Vitinho. Vai, caralho. Compra uma pra ti também. A gente vai, mas vai na boa, né? Como aquelas idas da gente, em julho, *mucho loco*, meu! Joca também pegou o bagulho. Vitinho estava só de cuecas. Tirara as roupas ensanguentadas. Seguiram viagem. Logo depois da entrada para Moscow, primeira parada para reabastecer o combustível etílico. Som alto, *baurets* acesos, doze-anos, a farra estava apenas começando.

Nem os legistas sabiam o que dizer. Sobre a cama, só havia sangue. Nada de corpo. O quê? Sumiu? Tu é doido, é? Doutor Cosme, tem algo errado aqui. Revista tudo, caralho! Era só o que me faltava sábado de manhã! Nada do corpo. Posso falar? Diz, Rubeni. Nós estávamos examinando, colhendo material e entrou um cara, tipo, assim, um empregado do motel, com uns lençóis. Não pode. Mandei todo mundo sumir do corredor. Pois é. A gente aqui acha que ele não era empregado. Ele veio, olhou o corpo, levou um susto, falou uma coisa assim, joia, sei lá e se mandou. Não pode ter levado. Como? Não entrou nem saiu ninguém do motel. Pular o muro? Com um corpo pesado? Duvido. Tá estranho. Tá estranho. Delegado, vamos ser práticos. Não sei o que dizer. Mas uma coisa eu sei: não tem corpo, não tem crime, né? Que tal o senhor voltar pro seu trabalho, fim de plantão, e a gente reabrir a casa para trabalhar? Que tal? Porra, isso é estranho pra caralho, doutor. Nem sei o que dizer. Espera aí que vou ligar pro meu superior. Que tal, Cordovil? Me dá uma notícia boa, vamos! Doutor Seabra, não vá se assustar nem pensar que eu fiquei doido. Fala logo, porra. Eu tenho testemunhas, doutor. O que foi? O corpo sumiu. Que corpo, como assim? A mulher que morreu. Nós todos vimos o corpo, os legistas saíram para buscar equipamento e, quando voltaram, nada do corpo. Como assim? Nada, doutor. Acredite. Já demos uma busca no motel e nada! Por favor, não imagine que foi incompetência nossa. O motel está fechado, ninguém entra nem sai. Os funcionários estão trancados, enfim, não sei o que fazer. Puta que pariu, cara. Só merda o que vocês me aprontam. Mas olhe, doutor, o advogado aqui dos donos, doutor Cosme, disse que sem corpo não há crime... Parece interessado em se livrar do ocorrido. Isso não é suspeito? Suspeito? Que nada, cara. Olha aqui. Cai fora. Combina com ele, bico calado. Não tem corpo não tem crime, tá? O resto deixa comigo.

Seabra, tudo bem, estou aflita! Babi, querida, fique tranquila. Está tudo resolvido. Não há mais corpo no motel, ninguém viu, já estou tomando todas as providências e, enfim, ficará como se nada tivesse acontecido. Deixe os trâmites legais que eu resolvo. É tudo pela amizade com você e meu amigão! Poxa, Seabra, isso é o que vale ter amigos! Para isso são os amigos! Nós te devemos essa, Seabra. Devem nada! São tão carinhosos conosco também. Vamos marcar um doze-anos qualquer dia desses, hein? Combino com a Florzinha, está bem?

Esta é a Ronda da Cidade. A qualquer momento, com as notícias que bombam na cidade! Com vocês, o repórter que sabe de tuuuuudo e ninguém esconde nada, Orlando Jorge! BuBuBu!
Meus amigos, tragédia no motel! Uma mulher de idade avançada, com quase 80 anos, foi encontrada morta, ensanguentada em um quarto de um dos motéis mais caros da cidade! Em volta do corpo, sinais de farra etílica e muitas drogas! A polícia foi chamada. O delegado Cordovil está conduzindo as investigações. O motel está interditado. Quanto ao possível criminoso, evadiu-se. A polícia ainda não informou se ele registrou seu nome, o que é difícil, mas com certeza as câmeras internas têm imagens do carro e, principalmente, da chapa do carro em que o casal entrou no motel, bem como a hora em que fugiu! Estamos entrando em contato com o delegado Cordovil, para saber tuuuudo! De Orlando Jorge ninguém esconde nada!
Vinheta. Ai, moleque!
Outra morte, mas esta, de uma pessoa muito cara a este repórter. Meus amigos, faleceu esta madrugada, uma das mulheres

mais famosas da boemia belemense. Conhecida por Joia, dominou a rua Riachuelo, sendo uma mulher da vida fácil e dona de pensão. Teve muito dinheiro, joias e beleza. Muitos milionários a seus pés, mas nunca se esqueceu dos amigos. Seu nome era Arcangela Madeira Siqueira, mas todos a conheciam por Joia. Seu corpo está sendo velado no dançará Rio Mar, onde ela reinou por toda a vida! Este repórter tem a infelicidade de noticiar a morte de Joia, minha amiga, meu grande amor, minha madrinha!

Fodeu! Vocês ouviram? O Orlando Urubu acabou de noticiar a cagada no motel. Como é que ele foi saber? Alguém do motel cantou a parada. Puta que pariu. Isso vai dar merda. Ih, caralho! Doutor Seabra, desculpe a insistência, mas temos um problema. Estou aqui na viatura, retornando à delegacia e escuto no rádio um repórter daqui, sabe, muito ouvido, repórter policial, dando a notícia do crime no motel. Quem? Como assim? Também não sei, doutor. Só se algum funcionário cantou a história. Meus homens, não, com certeza. Só pra lhe avisar, se qualquer coisa aparecer. Tá ok. Vamos aguardar. Pode não dar em nada. Babi? Querida, desculpa minha insistência, mas é que surgiu um probleminha, quer dizer, acho até que não foi nada demais. É só pra lhe informar. Meus homens ouviram agora um programa nessas rádios populares, com notícias policiais, que aconteceu o evento lá no motel. Eles acham que foi alguém de sua equipe que informou. Estou avisando porque talvez não dê em nada, espero que você consiga abafar na imprensa e fica o dito por não dito, mas ó, dá uma bronca lá no teu pessoal, hein? Seabra, querido, estou cuidando, sim. Já liguei para outros amigos, os donos, claro. Não vai dar em nada não. Claro, vou passar um carão nessa equipe. Sabe? Vou é despedir todo mundo. A gente precisa trabalhar com gente confiável, não é? Um beijo, Babi, e abraços no amigão.

Oi, dona Babi. Minha filha, é pra tu não te assustares com a ausência do Vitinho, tá? Dona Babi, aqui em casa é onde menos ele passa. Está bem, deixa pra lá. Mas é que eu precisei que ele viajasse pra Recife, fechar um negócio meu, tá? Também preciso que você não ligue procurando. Quero que ele fique focado no negócio. Jennifer, minha filha, o Gustavo Henrique, meu Guguzinho, está bem? Está, dona Babi. Não se preocupe, eu estou bem. Ótimo. Se precisar, é só ligar. Beijos.

Quem encontrou a Joia, Guariba? Foi o Blake. Tu sabes que ele fica zanzando por aí. Ela tava na Primeiro de Março, logo depois da Riachuelo. Parecia dormir. Estava nua, mas tu sabes que ultimamente ela já andava meio aérea e às vezes esquecia de botar roupa. Ele foi acordar e levou susto. Tava morta. O pessoal correu porque o doido começou a cantar alto, com aquela voz grossa, uns hinos de igreja e aí já viu. Ela já estava lá? Nenhum carro passou e deixou o corpo, sei lá, ninguém carregou e botou lá? Pergunta pro Blake, mas também tu sabes como ele é...

Cordovil. Delegado Cordovil, aqui é o Orlando Jorge, repórter... Sei quem tu és. O que é? Delegado, eu queria saber detalhes a respeito do corpo de mulher idosa encontrado hoje no mo... Que corpo? Como assim? O senhor levou uma equipe hoje de manhã no Motel Firenze para atender a um chamado de mulher idosa, morte na suíte presidencial, não foi? Eu, não. Como assim? Orlando, é teu nome, é? Sim. Orlando, vai me desculpar, mas esse teu informante não vale o cocô do cavalo do bandido, meu! Desculpa que agora estou ocupado. Passar bem.

Fala, Urubu. Urubu é o caralho, vai tomar onde as patas tomam, porra. Piriquito, porra, tá foda. Porra, Urubu, tá pegando. Maior caça às bruxas, porra. Tão suspeitando de todo mundo que deu a dica. Se me descobrem, tô frito. Tu não sabes, mas eu estive aí, sacou? Tu? Pulei o muro, entrei escondido. Cara, a mulher era a Joia! Quem? Amiga minha lá da zona. Velhona, já não batia bem da bola. E o tal do moleque que tu dizes que matou? Cara, não entendo mais nada. Veio um carro da patroa e levou o boy sei lá pra onde. Está escondido, acho, se cagando de medo. Vou te dizer outra coisa: todo mundo aqui sabia que ele pegava essas coroas pra comer. Maior tarado, meu! Quanto mais destroçada, melhor pra ele. Piriquito, eu vi o corpo. Liguei pro delegado e ele disse que desapareceu. E de repente encontro o corpo da Joia sendo velado aqui no dançará da zona. Tédoidé? Fumaste? Esse é do bom. Como pode? Eu não sei. O corpo ainda está aí? Não sei. Estamos trancados. Vim aqui no banheiro falar contigo. Se eu levar farelo, tu vais me ajudar, viste? Tá. Tchau.

Joca foi dessa pra melhor sem nem sentir. Na ultrapassagem, colidiram de frente com um carro particular ocupado por delegados que voltavam de missão em Peixe-Boi. O barulho, ouviram longe. Quem passava parou. Logo veio a patrulha rodoviária, ambulância e os colegas da polícia. Os homens do Chevette morreram. Do outro carro, o rapaz estava mal, mas ainda vivo. A ambulância teve de ressuscitar, mas chegou a Castanhal. Os delegados pegaram os documentos dos colegas para avisar. Alguém pegou o dos caras do outro carro. Um deles estava de cuecas. Roupas ensanguentadas. Pegou. Evidência. Sei lá.

Uma comoção. Todas as polícias se movimentaram. Entre os mortos, o delegado Lírio Sepúlveda, veterano, com aposentadoria marcada para seis meses adiante. Ele, mais Mauro Cintra e Adolfo Pantoja, haviam ido até Santa Maria investigar uma pista de tráfico. Teria sido um acidente forjado? Teriam descoberto alguma coisa? Um cortejo acompanhou as viaturas do IML, com os corpos. Outro até a igreja para o velório. Orlando foi. Mauro era amigo. Lírio tinha respeito. Adolfo pegava mole. O delegado Cordovil também estava. Virou o rosto e se afastou. Consolou as viúvas. Lá fora, o bate-papo. Dudu, escrivão, das antigas, várias paradas dadas. Dudu, que foda, hein? Três de uma vez! Então, foi vingança, algo assim? Até onde eu sei, acidente estúpido. Dois filhos da puta cheios de cachaça e droga, porra. Doidões! Um deles morreu direto. O outro ainda estava vivo e levaram. Dentro do carro, só garrafa, coca e gota. Um deles estava só de cueca. As roupas ensanguentadas. Chegou Manuel pro papo. Tá ligado, tem mais. Acabei de saber. O carro está no nome do Vítor Valadão, aquele milionário. Era ele dirigindo? Não dá pra saber. Um deles era outro nome, João alguma coisa. O outro era Vítor Valadão Filho. Como? O moleque que sobreviveu. Acho que é filho do figuraça lá. Puta que pariu! O que foi? Caralho, acho que isso está ligado a outra parada, sabe? Vocês vão acompanhar o enterro? Vamos. Não dá pra mim. Preciso voltar pro trabalho. Tchau.

Babi. Senta, minha filha. Preciso te contar uma coisa. O que foi. Que cara é essa? Vitão, diz logo se é notícia ruim. É ruim, Babi. Que foi? Mamãe! Tua mãe! Vitinho! Sim. Morreu! Não, não morreu. Um acidente, Babi. Na estrada. Pra onde ele estava indo? Ele e o Joca. Ah, depois te explico. Mandei ele pra Salinas. Pra casa, um tempo. Ele aprontou. Foi, aquele telefonema de manhã cedo. Cadê meu filho! Mandei um helicóptero buscar. Ele está ferido, mas está vivo. Vamos pro hospital. Me conta no caminho.

Esta é a Ronda da Cidade. A qualquer momento, com as notícias que bombam na cidade! Com vocês, o repórter que sabe de tuuuuuudo e ninguém esconde nada, Orlando Jorge! BuBuBu.

Ninguém esconde nada, meus amigos! Um acontecimento infausto para a polícia do Pará. Um acidente terrível na estrada, altura de Peixe-Boi, deixou quatro mortos e um ferido grave, sendo três deles delegados da nossa briosa Polícia Civil. Delegado Lírio Sepúlveda, veterano da polícia, com inúmeros bons serviços prestados e com aposentadoria marcada para daqui a seis meses. Mauro Cintra, especialista em tráfico de drogas, e Adolfo Pantoja, este, bem jovem, iniciando na carreira. O carro particular em que retornavam de uma missão foi atingido de frente, da maneira mais irresponsável possível, por um Sonata, carro de luxo, em que estavam Vítor Valadão Filho e um amigo. Desses, Vítor Filho sobreviveu, mas está em estado grave no hospital. Dentro do carro, a perícia encontrou garrafas de bebida vazias e muita droga. Ainda não foi divulgado o estado em que essas duas pessoas estavam. O Sonata entrou na contramão para ultrapassagem e, de maneira irresponsável, foi direto no carro dos policiais. Choram as famílias enlutadas, chora a polícia. Agora, todos queremos o esclarecimento completo do assunto. Vítor Valadão Filho, assim que recuperar a consciência, vai ser interrogado sobre roupas ensanguentadas encontradas no carro. Os ouvintes lembram que, ainda pela manhã, eu registrei um assassinato ocorrido no Motel Firenze, que por coincidência é de propriedade da família de Vítor Valadão Filho. A mulher, conhecida por Joia, de idade avançada, foi encontrada morta, sem roupas e drogada na suíte presidencial. Informações exclusivas dão conta da suspeita de que Vítor Valadão Filho seria a pessoa que esteve com Joia, na suíte e se evadiu do motel, com a cumplicidade de todos. Vamos apurar. Vamos saber. Vamos informar. O enterro coletivo dos policiais que faleceram no acidente sai amanhã de manhã cedo para o cemitério Recanto da Saudade. Uma multidão está presente ao velório. Eu volto a qualquer momento, com novidades. Vamos apurar. Vamos saber! Fui!

Porra, parece que nem é teu filho! O que é que tu querias que eu fizesse? Me jogasse em prantos sobre a cama? Estou cuidando de tudo. Não é o suficiente? É meu filho. Meu pequenino. Ele é meio complicado. Nisso puxou pra mim. Quem dera que fosse pra ti. Contigo eu consigo lidar. Tomara que ele saia dessa, mas alguma coisa tem de ser feita. Ele está liquidando com o nome da família. Isso é verdade. No Facebook, está uma festa. Todas as víboras saíram da toca para cravar os dentes em mim. Ninguém parece gostar dele. É, mas, quando ele saía por aí com dinheiro no bolso, faziam como uma corte, seguindo, rindo das piadas dele, aquelas putinhas se oferecendo. Foi assim que veio até o meu netinho. Essa putinha da Jennifer se dando bem. Não suporto. Tu já sabes que ele e o Joca estavam na maior farra, né? Esse Joca era um filho da puta. A gente pensa que pode confiar nas pessoas. Mandei ele levar o Vitinho pra lá e trancar ele até passar a cagada. A primeira coisa que ele faz é aderir à farra. Babi, que história é essa que esse moleque só gosta de comer mulher bem velha? Ih, lá vem o doutor.

Como ele está? O meu filho vai sair logo, doutor? Seu Vítor, dona Babi, ele está bem machucado. A pancada na cabeça. Perdeu líquido. Talvez tenha sequelas quando sair do coma. Houve várias fraturas, mas essas nós vamos cuidar mais tarde. Pelo amor de Deus! Sinto muito, mas as próximas horas vão ser decisivas. Esse hospital tem capela, doutor? Eu vou rezar. Vai, minha filha. Mas antes eu posso vê-lo, doutor? Não aconselho, dona Babi. Está na UTI, cheio de bandagens, enfim, induzido ao coma, melhor a senhora rezar. Quanto a nós, médicos, estamos fazendo o possível.

Vítor, meu amigo. Em primeiro lugar, como está o Vitinho? Ih, Seabra, não está nada bem. Pelo menos está vivo. Meu filho todo quebrado. Lamento muito, Vítor. Esses nossos filhos vão ficando grandes, batem asas e a gente fica em casa, rezando para que voltem com saúde. É, Seabra, tu sabes que ele é um moleque atrevido. Eu tive infância simples, meu pai foi duro comigo, para eu aprender. A gente quer dar tudo para os nossos filhos e o resultado é esse. Vai entender. Vítor, o Gov está me pressionando. A polícia está querendo respostas. Estou te ligando porque não vou incomodar dona Babi, mas a imprensa, bando de filho da puta, está gritando por aí que houve crime, que o Vitinho é suspeito. Vítor, tu sabes que pagas proteção, mas, quando a barra pesa de verdade, o Gov é político e não vai ficar por baixo, né? Ele te mandou ligar pra mim, foi? Foi. Tem medo que o teu número esteja grampeado pela Federal. Aquelas confusões todas de seis meses atrás. Mas aquilo está resolvido, meus advogados já... Mas nessa hora, tu sabes, todo mundo quer sua mordida.

Amigo, eu estou aqui para segurar a barra, sabe? Somos amigos. Eu te devo várias. Mas há coisas que estão acima de mim. Seabra, não precisa alisar. Eu sei como são as coisas. Mundo escroto, o garoto já pode falar? Pode nada. Está em coma, estado grave. Quanto mais tempo ele levar para poder ser interrogado, melhor. Escuta, que tal tu ligares pra esses teus amigos da imprensa, hein? Eles te devem favores, dinheiro de anúncios, porra. Cala a boca desses esgotos aí. Conta comigo, qualquer coisa. Dá um beijo na Babi. Outro na Florzinha.

Orlando. Boa noite, seu Avelar. Boa. Chega. Chega de quê? Esse caso aí do motel. Parou. *Stop*. Mas, seu Avelar, tem coisa aí. Não tem. Tens uma suspeita. Nem corpo tu tens! Tens? Doutor, eu pulei o muro e vi com esses meus próprios olhos. Eu vi. E cadê o corpo? Isso não sei explicar, mas eu lhe juro que vi. Era a Joia. Já sei dessa mulher. Era tua amiga. Mais que isso, era uma espécie de madrinha pra mim. Eu preci... Não. *Stop*. Tu sabes que eu te dou liberdade. Botas pra foder e vamos nessa, né? Mas agora chega. Mas... Quem te paga sou eu. Quem dá dinheiro pra te pagar é o anunciante. Se ele não anuncia, não tem dinheiro pra te pagar, certo? O senhor recebeu pressão. Sim. Às vezes, não dá pra escapar. Chega. Parou.

Seu Vítor, boa noite. Que tal, doutor. O Vitinho teve uma melhora no quadro. Até bem rápida para os padrões. E dona Babi? Está sedada. Melhor pelo nervosismo. Bom, eu volto a examinar pela manhã. Qualquer coisa, estou de prontidão. Boa noite.

Noite longa. De reflexão. Conseguiu abafar em dois jornais, rádio e TV. Mas *O Popular*, como sempre, estava fustigando. Na internet, mídias sociais. Ia sair no domingo com edição especial sobre os negócios, Polícia Federal, Operação Lava Jato, assassinato de posseiros, enfim, as hienas estavam assanhadas. Vitinho não poderia falar. Nunca. Daria o gás de que os inimigos precisam. Justo agora que o dinheiro do BNDES ia sair. Moleque idiota.

Não serve pra nada. Drogado, alcoólatra, *playboy* filho da puta. Sabe de uma coisa? Hospital silencioso. Foi até a UTI. Silêncio. Penumbra. Agiu. Vitinho nunca mais falará. Antes ele do que eu.

O Motel Firenze foi interditado. Diversas ações da operação Lava Jato incriminaram Vítor Valadão e seus vários negócios. Ele está preso em Brasília e seus bens, indisponíveis. Sua esposa, Babi, que chegou a ser detida por insultar policiais em uma busca em sua mansão, agora está hospedada na capital brasileira, para ficar próxima do marido. Dizem que todas as madrugadas, lá pelas quatro e meia, Joia passeia nua, pelos corredores internos, cantando a música de sua passarela. Na mesma hora, Blake, na esquina da Riachuelo com a Primeiro de Março, também canta a mesma canção. "Onde andará o meu amor..."

NÃO TENHO CULPA

FRANCAMENTE, NÃO SEI POR que estou aqui. Sou um homem tranquilo, pacato, sim, às vezes dado a algumas travessuras, mas nada sério. O que posso fazer se as mulheres gostam de mim? Eu gosto delas. Por Deus, é o que há de mais bonito na face da terra. Gosto de todas. As magras com seios grandes, ou sem seios, gordas, baixas, altas, em cada uma delas consigo ver a beleza, algo que preciso conquistar, usar minhas armas para, finalmente, tê-las a meu dispor, de inteira vontade, pedindo, suplicando para que eu as abrace e lhes abra a porteira de um verdadeiro paraíso. Sou minucioso. Sei me aproximar. Nada de gracejos, piadas de mau gosto ou falsos elogios. As mulheres estão à procura de quem sabe ouvir seus problemas, suas dúvidas, suas vontades, seus sonhos. E eu ouço. Incansavelmente. Uso poucas palavras de conforto, compreensão, e aos poucos elas vão se submetendo ao meu charme, como o inseto ao ser aprisionado na teia da aranha. Fazem isso por desejo. Entregam-se a mim totalmente, de maneira entusiasmada até. Chego a me assustar com algumas. Pareciam de gênio pacífico e tranquilo e despertam para o sexo de maneira animalesca e furiosa. Eu gosto. Eu amo. Poucos sabem, hoje, amar uma mulher. Elas são conquistadas primeiro pela cabeça, pelo domínio e apoio a seus sonhos e opiniões. Então, vem a difícil travessia, o medo, a impaciência, o receio que aos poucos toma conta de seus corpos, até se oferecerem a mim.

Esses homens são uns bobalhões. Querem as mulheres como um pedaço de carne a penetrar até o gozo. Mulher é um equipamento fenomenal. Basta apertar os botões certos. Ao pescoço, por exemplo, deve-se chegar sussurrando coisas bonitas, respirando e sentindo, mais que o perfume barato que passaram, o perfume de seu corpo. Soprar aqueles cabelinhos que se rebelam na nuca. Passar a face com barba a fazer com cuidado, mais para provocar do que para ferir. Os lábios que a farão gemer, enquanto lá embaixo há uma enxurrada. É preciso saber mexer no corpo de uma mulher. Nos seios, os pequenos, saibam, são os mais excitantes. Beijá-los ternamente, movimentos circulares nas auréolas, o toque com a mão cheia e finalmente, os lábios sugando. Quem tem paciência para fazer isso hoje em dia? Eu tenho. Já pesquisaram os umbigos? Sim, umbigos! Há de todos os tipos. Eu adoro homenagear os umbigos. Cercá-los de mimos e cuidados. E enquanto isso continuo a marcha até ao que locutores esportivos diriam "zona do agrião". Calma. Nada de se atirar ali como um desesperado. Contenha-se. Massagem nas partes internas das pernas. Chegando aos poucos. Se houver pentelhos, melhor. As meninas de hoje acham sujo ter pentelhos. Não sabem de nada. É ali que está o verdadeiro perfume de uma mulher. A mistura de almíscar, pele, cabelos e excitação. Mergulhar naquele cheiro e finalmente dedicar-se ao prato principal. Já? Não. Vire-a de costas e assuma o controle, descendo com mãos suaves até a bunda onde, claro, vai dedicar-se com esmero. Quando voltar à frente, já haverá muita agitação, súplicas, moções que não atenderá. É necessária uma atenção final, feita lentamente, respeitando a respiração, sem atender pedidos, até obter o primeiro orgasmo, que chega como um prêmio. O primeiro estágio, antes de reiniciarem os protestos, as súplicas, somente então partirá ao ato final, em várias posições, misturando palavras de ânimo, amor, paixão e discretos elogios. Ela já não terá condições de responder. Melhor. Conduza tudo a um final apoteótico. Após a última cena, nada de levantar para ir ao banheiro. Nada disso. Começa um outro ato, como se estivesse desmontando um cenário. Ouvir suas impressões, elogios, até que ela, quem sabe, adormeça feliz, entregue aos seus braços. Quem tem saco para fazer isso, hoje? Que culpa eu tenho de fazer as mulheres felizes. Elas vieram até minha tenda porque quiseram. Pagaram para ver seus zodíacos. Evitei problemas, falei de coisas boas, inclusive mencionando, quem sabe, um amor arrebatador, e elas foram ficando. Usei minha voz, que, modéstia à parte, é de um galã de TV, experimentada em milhares de momentos. Desculpem, mas sei que a fama, a lenda que nos persegue pode ter, também, atiçado a muitas. E agora estou aqui preso. Lá fora, maridos, amantes e infelizes pedem a minha cabeça. Chamam-me de charlatão e até os jornais deram a notícia: ANÃO É PRESO ACUSADO DE ESTUPRAR MULHERES CASADAS. Voltem para suas casas e tratem melhor suas mulheres. Quanto a mim, duvido que elas me esqueçam.

LESO

MINHAS MÃOS TREMEM. MEU corpo treme. Coração na boca. Ando a esmo pelas ruas. Pego um ônibus sem saber o destino. Filhadaputa. Bem feito. Ela já merecia há tempos. Meu saco estourou. Quero respeito. Respeito. Eu sou o homem da casa. O macho. Chegou ao centro da cidade. Não posso ir ao estacionamento. Seria óbvio. Outro ônibus. São Brás. Mosqueiro ou Outeiro? Se for pra casa do Nonô, é lá que me pegam. Moscow na parada. O vento da noite clareia as ideias. Já não sua tanto. Sou mais um nessa porra de ônibus escroto. A polícia vem atrás. A menina, quando chegar do colégio, vai encontrar. Vai ver vai contar também dos nossos agrados. Que se fodam. Mereço respeito. Sou o macho. Duvidou, tá aqui, ó. Desce em Carananduba. Na praia. Se encolhe em um canto e pensa. Eu era um leso. Entra pra Igreja, querido. Jesus vai te dar paz. Olha, o pastor é um homem bom. Todo o meu salário eu ponho na cesta dele. Só falta tu te entregares a Jesus, Marivaldo. Ele vai te dar paz. Vai acabar com esses teus vícios. Tu não eras assim, Marivaldo. Tu eras um homem bom. Bebias um pouquinho, nada sério. Foi só entrar nesse emprego. Esse estacionamento lá no centro. É. Pode ser. Mas tem uma crise aí. O dinheiro anda escasso. Nem sempre dá pra te dar algum. E se eu bebo com meus amigos, não te mete. É coisa de homem. Coisa de homem. No começo, eram só aquelas putas velhinhas, engraçadas. Sabe como é, a gente fica ali o dia inteiro, recebendo dinheiro do pessoal que estaciona. Elas ali, o dia inteiro, esperando os homens. Aquela tal de Selma levou rola. Ficava ciscando. Chega aqui. Imagina que ela tem casa com marido e filhos e ninguém sabe que é puta. Faz porque gosta. Mulher é tudo assim. Sabe lá se aquela lá de casa não vai pelo mesmo caminho. Negócio de pastor pra cá, pastor pra lá. Agora, já era. Então vieram os crackeiros. As putas se afastaram. Os crackeiros. Dente quebrado, magros que nem visagem. Experimenta aí, tio. Não, obrigado. Paga uma aí na quitanda que tá bom. A gente começa a chegar em casa com cheiro de cana e a patroa se emputece. Logo eu, que passo o dia trabalhando pra ela e pra garota charlar por aí. Porra de igreja. Dei um pega. No começo, só um tapinha. Mas eles ali, o dia inteiro. Tenho fome. Passo na mercearia e como um pão. Todos me olham. Sou estranho. Não foi legal isso. Amanhã tá no *Barra Pesada* e tô fodido. Melhor andar. Varo em São Francisco. As casas dos bacanas estão fechadas. Pulo um muro, me estarro no pátio. Tento dormir, mas a cara da Miriam espocada me espanta. Tá, eu gastei o dinheiro. Tá, eu cheguei encharcado de cana. Tá, eu agora tenho até um cachimbo pra fumar crack. Tá. Mas eu largo quando quiser. Não é nenhuma filhadaputa que vai me dar ordens, me esculhambar, me destratar. Me respeita, caralho! Ficou rindo da minha cara. Viu que eu estava puto e correu. Agarrei por trás. Ela caiu. Bati a cabeça dela na quina da mesa. Me respeita, porra!! A vizinha fofoqueira começou logo a gritar. Vai te foder! Vai te foder! Ficou silêncio. A Miriam com a cara espocada. Troquei de camisa. Peguei dinheiro dela e vazei. Pegou o cachimbo. Ainda tinha uma pedra. Gastou fósforos. Mãos tremendo. Aspirou longamente. Pegou rápido. Deixou aquela euforia mansa tomar conta do corpo. Dormiu. A cara da mulher espocada assustando. Sol? Já? Passou tão rápido! Fome. O que foi que eu fiz? Tinha de fugir era pro interior mesmo. Mas, agora, como pegar um ônibus que não vá pra Belém? E pra lá não volto. É, já sei que a vizinha fez o maior escândalo. Ele batia na mulher! Batia na filha! Chegava de cara cheia. Um sem-vergonha! A Miriam, coitadinha, vivia na igreja pedindo pela alma dele. E vem a filha contando dos meus agrados nela. Que é que tem? A filha é minha. Eu que fiz. Porque não posso fazer uns agrados? Todo mundo faz. É, mas se descobrem isso, não pode ser preso. Preso não vou. Ouviu latido. Rápido, aquele cachorro lhe salta por cima. Defende-se. Chuta. Para, Bibi. Para! O cão se afasta. O caseiro. Um senhor de idade. Não pode ficar aqui. Os patrões vão reclamar. Desculpa aí, mas é que bebi um pouco e acabei dormindo aqui. Não te conheço. Tu não és daqui? Não, vim festejar aqui em Mosqueiro e aí, já viu. Desculpa aí, já vou saindo. Está bem, mas por favor, não volte mais. Nem terminou de dizer. Uma pedrada na cabeça o deixou grogue. Outra pedrada. Tudo escuro. O cão gania. Nem viu quando Bibi morreu. Não posso ser visto. Carrega o corpo do homem até o quintal. O cachorro. Descansa. Tira as chaves. Procura ferramentas. Cava. Enterra as duas vítimas. Entra na casa. Toma chuveirada. Acha uma roupa. O cara é gordo. Precisa apertar o cinto. Liga a TV. *Barra Pesada*. A seguir, mulher descobre que o marido estuprava a filha e é assassinada. O acusado fugiu. Treme. Não sabe se vai assistir. Não foi nada disso. Esses caras já começaram a sacanear. Precisa fugir. Quem sabe um advogado? Não tem dinheiro. Fugir para onde? Revira a casa. Sem dinheiro. Melhor esperar a noite. Melhor nada, não tem melhor. O que foi que eu fiz! Come alguma coisa. Engasga. Nervoso. Liga um rádio. "Amigos da cultura, aqui fala o Edgar Augusto"... Ouve passos. Desliga. Olha pela fresta. Uma senhora. Procura o marido. Prende a respiração. Difícil. Tem dois homens com ela. Arnaldo! Arnaldo! Gritam. Pai! Tá um cheiro ruim! Pitiú de bicho morto. Mãe! Mãe! Olha aqui!

O AMOR ENTRE NÓS

A FICHA COMEÇOU A *cair quando Said e seu primo Faisal chegaram à casa da família Bashir, na parte oriental de Jerusalém.
Recebido com festa, Said teve dificuldade em responder aos cum-
primentos, pois falava pouco da língua, mesmo que Faisal tivesse
feito esforço. O tio Sami Quendah, sua esposa Muniba e os outros
primos Murad e Muhammed, mais novos, pré-adolescentes, diferentes de Faisal, 20 anos, o silencioso que chegara a Belém e após
alguns dias não somente tinha feito amizade, mas se tornara o
ídolo do árabe-paraense Said, que até então não parecia levar
jeito para nada. Não passou no vestibular, na direção da nova
geração dos palestinos em Belém, nem tinha paciência de ajudar
o pai na Tudo Esportes, lojinha encravada no centro da cidade, 13
de Maio, dividindo atenções com milhares de ambulantes. Said
passava os dias e noites no videogame, tomando cerpinhas e indo
ao Mangueirão assistir a seu Clube do Remo jogar. Nada mais lhe
interessava, aos 18 anos de idade, até que, repentinamente, veio o
aviso da chegada do primo Faisal. As razões da vinda, seus pais
não esclareceram, mas talvez fosse para refazer o contato que,
desde a vinda para o Brasil, tinha ficado restrito às ligações telefô-
nicas e, recentemente, e-mail.*

*Sério. Barbudo. Circunspecto, mas de fala gentil, estritamente
o necessário. Hospedado em seu quarto. Said na rede, Faisal na*

cama. E as orações, nos seus variados horários, prostrado, no tapete, voltado para Meca. Said estranhava. Faisal, mais ainda. A permissividade, as bebidas, mulheres nuas, se oferecendo. Resmungava entre dentes. A conversa entre os primos veio lenta, primeiro em inglês, depois em árabe, com muita dificuldade. Faisal aparou a barba. O pai de Said pediu. Em casa, ficava num canto, pensativo. Na loja, também. O pai disse a Said que levasse Faisal para se divertir. Descolou um convite para a Assembleia Paraense, no sábado. Não deu certo. Faisal, discretamente, pediu para voltar até o carro. Esperaria lá. Não poderia ficar naquele ambiente, com infiéis. Na semana seguinte, levou-o a uma pelada, na casa de campo de um amigo. Divertiu-se. Até jogou um pouco. Mal. No outro sábado, em vez de jogar, comprou grades de cerpinha e foi vender. Said aturou gozação. Foram se aproximando. Quem passou a ficar calado foi Said. Faisal, falou. Sobre o islã. Alcorão. De não entender como os costumes tinham ficado degradados no Brasil. Da volta aos costumes antigos, como no Ramadã, não poder comer ou beber em público, fumar, mexer com garotas, ligar alto o som. O uso do Ocidente, de maneira política, na mudança dos costumes para enfraquecer os muçulmanos. Do ministro da Cultura palestino, Attalah Abu al-Sibbah, que deseja impor a xária com segregação de sexos, fechamento de casas de jogo, cinemas, mesmo que isso seja difícil, pelo nível de corrupção já alcançado, inclusive em Jerusalém. E o ódio aos judeus. Said argumentou que podiam viver, talvez, em entendimento. Cara, aqui não tem disso. Não vivemos de beijos e abraços, mas deixa eles lá, na boa. Mudou o olhar de Faisal. Ódio aos judeus. Nós, palestinos, somos ocupados por esses cachorros infiéis. Eles nos tomam emprego, riquezas, terras, locais sagrados, nos humilham com suas armas, sua degradação moral. Não temos autodeterminação. E assim passaram a ser as tardes e noites de Said. Ouvindo Faisal e encontrando uma razão para existir. Uma noite, em 15 de novembro, feriado, aproveitaram a falta de movimento para jogar tinta e pichar o cemitério dos judeus, na José Bonifácio. Recebeu um e-mail em nome de Abdel Shaffi.

Voltaria. Então, mostrou o passaporte, falsificado. Está bem, participo de um movimento, Comitê de Resistência Popular. Tive problemas. Fui fichado. O jeito era sumir por uns tempos. Agora volto. Deixa eu ir contigo. Não. Tu és brasileiro. Aqui é diferente. Não. Eu sou diferente. Quero ir contigo. Tens certeza? Sim. Aqui não levo vida certa. Está bem, mas como convencer teu pai? Tu ajudas. Conhecer a família. Experiência de vida. Encontrar um horizonte. E, assim, Faisal ou Abdel e Sami, agora também barbudo, embarcaram para Jerusalém.

Foi como um tapa. Atendeu à ligação no celular, vendo o prefixo de Belém. Estava na Fnac, São Paulo, Avenida Paulista. Havia feito prova de vestibular na Cásper Líbero. Feliz, pensava nas respostas. A voz que o avisou da morte do pai foi destruindo, sílaba por sílaba, sua felicidade. Sexta-feira, antes do almoço. O pai foi ao banco e retirou uma quantia. No estacionamento, foi abordado. Não reagiu. Tentou fugir. Foram disparados três tiros. Um deles cortou a veia femoral. Em poucos minutos, faleceu. Constrangimento na cidade. O pai era famoso advogado. Como o dia seguinte foi sábado, o corpo ficou trancado na Comuna Israelita. No domingo, o enterro. Apenas parentes e amigos próximos chegam perto do caixão, feito de maneira simples, sem polimento ou adornos, forrado com um tecido preto e a Estrela de Davi bordada. Os homens com um rasgo na blusa, que usarão até o Mismarah. No cemitério Beit Haolam, que recentemente fora repintado, em função de vândalos terem pichado e jogado tinta, as mulheres ficaram do lado de fora. Sarah podia ter entrado, por uma deferência especial, mas ficou do lado de fora. Apenas o irmão e a mãe assistiram quando o corpo do pai foi retirado e envolto em uma mortalha branca, depositado no fundo da cova. E, então, seu irmão Rafael desceu ao túmulo, sem sapatos, e colocou tábuas de madeira sobre o corpo. Após palavras em hebraico do rabino, os amigos jogaram terra. "Do pó vieste e ao pó voltarás." Foi nesse instante que Sarah se deu conta de sua condição judia, que em toda sua vida fora relegada a quarto, quinto plano. Levantou a voz: "Eu tive o melhor pai do mundo. Sempre que nos falávamos, ele dizia: 'Filha, diz que me ama, mas diz muito alto pra todo mundo saber que ama'. Eu o amava muito e sei que ele está feliz agora porque eu estou aqui dizendo na frente de vocês e pra quem quiser ouvir o quanto eu o amo. Eu te amo, pai! Eu te amo, pai!". A voz de Sarah ecoou tristemente entre a multidão, em silêncio, às nove horas da manhã daquele domingo.

Uma semana depois, Sarah e sua tia Raquel, conhecida como Raquelita, desembarcavam num voo da El Helal, no aeroporto Ben Gurion. Tio Aarão e Tia Ruth à espera. Seguiram pela autoestrada, pegaram a Via Rápida Begin até a parte ocidental. "Eles querem entregar nos próximos dois meses o Light Rail, uma espécie de metroline, sabe aquele de Londres, que liga o aeroporto à cidade? Pois é, vai transportar 200 mil pessoas por dia. Há também, mas somente para 2011, o comboio de alta velocidade, com trechos subterrâneos, pela Israel Railways. E você, minha filha, vamos ver seus estudos, não é? Temos a Universidade Hebraica, muito boa. Tio, primeiro quero não fazer nada, entende? É tudo muito recente. Desculpe, meu hebraico é muito ruim. Preciso praticar. Tua prima Vera vai ajudar. Você passou por momentos muito difíceis, querida. Um tempo para espairecer, é tudo de que precisa. Aqui temos o de sempre. Aqueles malucos do Hamas atirando foguetes todos os dias em Gaza e uma trégua que está acabando e não sabemos se eles vão renovar. Já estamos acostumados.

Estou pensando em mudar para a parte ocidental. Isso aqui está ficando difícil, até demais para os meus clientes. Sou um advogado de projeção, contou Tio Sami. Faisal baixou os olhos. Agora ouço falar que o Hamas quer impor a xária, imagine, aqui em Jerusalém. Fechar as igrejas ortodoxas, demolir, imagine a confusão com cristãos e judeus. Sua Tia Muniba não poderá mais ir até o shopping. Melhor tomar um gole de arak... Mas pai... Faisal, leve seu primo para conhecer Jerusalém, ver as meninas, vamos, ele veio para isso. Preciso te dizer que vivemos em uma prisão, patrocinada pelos Estados Unidos? Que vivemos no momento uma trégua, que deve acabar nos próximos dias? Vai chover foguetes em Gaza. Os cachorros vão ver. Nós morremos, mas não saímos da nossa terra.

O problema, querida Raquelita e Sarah, é que Jerusalém é reivindicada por três povos, sendo considerada capital histórica para judeus e palestinos. Vocês sabem a história dos hebreus, com os faraós, o êxodo comandado por Moisés, os reis Saul, Davi e Salomão, a divisão com sua morte, exílio na Babilônia, a volta para a Judeia, novas guerras, a construção das muralhas, até que em 1917 os turcos a entregaram aos ingleses e, após a Segunda Guerra Mundial, criou-se Israel e começou a briga pela terra. E, notem, não são apenas judeus e palestinos, mas há também armênios e cristãos, dividindo a cidade em quatro. Pai, vou levar a Sarah pra dar uma volta.

Olha, tenho vários amigos árabes, tudo gente boa, normal, como a gente, mas é que tem uns malucos que estragam tudo. É só tentar manter a normalidade. Não são palestinos. Quer dizer, são, mas chamamos aqui de árabes israelenses, porque moram em Israel. E, afinal, quem está com a razão? Nós, claro. Jerusalém sempre foi nossa. Mas nem a ONU, pedindo a internacionalização, conseguiu mudar. A cidade nunca foi de qualquer nação árabe. Tem um cara aí que propôs uma confederação de duas partes para gerir a cidade. Espera, vai devagar porque meu hebraico é tosco. Repete. Fala em inglês. Não. Precisas praticar. Tá. Representantes dos dois lados governando a cidade de comum acordo. Parece bom. Não. Eles não querem. Agora está acabando uma trégua e lá vem confusão. Vêm eleições aí, não é? Sim. Quer saber, isso também é outra confusão. Direita contra esquerda, sabe como é? Claro, eu moro no Brasil, menina. Ano que vem vou servir. Você gostaria? Não sei, que tal? É bom. Experiência. E árabes israelenses podem servir? Claro que não, sua boba! Que rua é esta aqui? King George, que vai encontrar com a King David. Lá em Belém a gente diria "égua"! O que é isso? Uma expressão.

Esta é a faculdade palestina. Preciso falar com uns caras. Se vierem falar, meu nome é Abdel, ok? Said ficou olhando a galera passando. Muitos palestinos usando o rata e longas túnicas bordadas. Pensou em quanto estava distante de Belém, mas sentiu-se encontrando uma direção. Um desafio. Said, a trégua não vai ser renovada. Tudo pode acontecer. Posso confiar em ti? É caso de vida ou morte. Pode. Vou correr o risco. Se tu fraquejares, estou morto. Vou te levar à reunião do grupo. Depois, Faisal o deixou com o pai, quando ficou conversando em árabe, tomou chá, comeu fatia de bolo, praticou desenhar letras do alfabeto e assistiu a uma pelada de crianças. Said, seu primo Faisal precisa de você. Anda metido com um pessoal da pesada, da política, gente extremista como eu nunca fui. Sou um profissional liberal com amigos e clientes judeus. Vou até me mudar para ficar visualmente mais bem colocado, essas coisas do mundo moderno, sabe? Você precisa acalmá-lo. Agora, são grandes amigos e antes nunca o vira falar com ninguém, todo sério, religioso. Mas, tio, o primo Faisal é muito inteligente. Disso não tenho dúvida, sobrinho, mas até os inteligentes também precisam de um suporte. Ele sabe tudo, conhece tudo e encontrará uma maneira de recuperar Jerusalém para nosso povo. Said, sobrinho, seu pai me contou sobre você. Como vivia, o que fazia. Espero que aqui não somente encontre uma direção, mas auxilie meu Faisal a cursar as matérias certas na faculdade, se formar e me ajudar no escritório, está bem? Posso contar com você? Sim, tio, respondi com a certeza de não poder cumprir.

Vera, Sarah precisa de sua ajuda. Ela perdeu o chão com a morte do pai. Estava em São Paulo, fez vestibular para Jornalismo, tudo programado e, de repente, a notícia. Era muito apegada. Foi um choque. Se há um lado bom nessa desgraça, está na aproximação com a religião, a nossa cultura. Mas, além de ir à sinagoga, fazer curso de Cabala, ela precisa ver gente, rapazes, mergulhar na nossa bela cidade, conhecer os pontos turísticos, conviver com jovens da idade dela, entende? Você tem namorado? Ah, bem, isso quer dizer sim, não é? Quem sabe não há um bom rapaz para ela também?

Primo, se não fosse pela imposição de meu pai, não o traria até aqui, na Rehov Iafo, pois há irmãos que não merecem o islã, confraternizando com os cachorros judeus. Alguns, que trabalharam em bares, até servem bebidas. Eu nunca me humilharia assim. Vamos até ali, no Café Aroma. No portão, deixaram-se revistar e sentaram. Qual é o time de futebol aqui? Você conheceu meu Leão em Belém. Desculpe, primo, não tenho tempo para essas diversões. Preciso estudar, rezar, pensar em ajudar meus irmãos. Chegaram dois. Esses são Mahmud e Asis. Desculpe, há algo somente entre nós. Conversaram baixo. Pareciam repreender o primo. Saíram. Said, estou correndo perigo. Não posso ser visto aqui. Há muito movimento. Vamos?

Essa é a Ben Nehuda. Junto com a Renov Iafo, forma as ruas onde a galera se reúne. Tem as butiques, tem Levi's, Nike e casas de café, que estão na moda. Lembra o Café Hilel, que te mostrei na Renov Emec Rafaim? Ali ficam os restaurantes chiques. Aqui tem o Café Aroma. Vamos lá e depois te levo no Malha, o shopping. Há muitos pa... árabes aqui, todos juntos, não é? Normal. Claro, um judeu não vai a uma discoteca no lado árabe, nem vice-versa. Agora, nos restaurantes, nas lojas, normal, não é? Os outros é que são uns doidos. Ih, vamos ficar aqui. Logo mais o Avi sai do Mac, liga e vem nos encontrar. Avi? Mac? Avi é meu namorado. A pessoa mais linda que eu conheço. Mac, de McDonald's, querida. É, McDonald's, aqui. Uau! Muito bom! Sabia que é a única franquia, assim, mundial, de *fast food*, por aqui? A comida é preparada segundo as leis Kosher, claro. Sim, precisou mexer no equipamento, claro, sua tonta!

Eu conheço aquela loura ali. Quem? Aquela, ali, com a morena, que sentaram. Tu vens de Belém para conhecer aqui? Conheço, não sou doido. Vou lá. Cuidado. Não, vamos embora, por favor. Said, elas são judias! As coisas não são assim por aqui. Said, por favor. Oi? Oi!? Eu te conheço. É? De Belém, Pará. Tu és de lá? Sou. Também. Meu nome é Said. E o teu? Sarah. Bem, já vi que somos de religião diferente, não é? E daí? Em Belém, não tem disso, tem? Não. Não tem. Mas aqui... De onde eu te conheço também? Fez cursinho no Ideal? Nazaré? Não. Assembleia Paraense. No Toc Toc. Sim. Já tem uns dois anos. Sim. Fui pra São Paulo estudar. E veio parar aqui. Espera, vou chamar meu primo. Faisal/Abdel reluta. Vem por insistência. Te apresento minha prima, Vera. Falamos em português? Podemos tentar. Não, melhor em inglês. É de Belém, não te disse? Por favor, você viu que em Belém é diferente. Mas estamos aqui, não lá. Não vou conhecer nenhuma cadela judia. Não fala assim. A menina é uma gata, não é? Sim, mas cadela também. Deixa disso um minuto, por mim? Tá? Por mim? Vamos lá. Um instante.

Sarah, olha lá o que tu foste aprontar. Não tem nada demais. O carinha é de Belém. Deve ter notícias. Acabaste de chegar e já queres notícias. Não tem nada demais. Sei lá, nunca se sabe. Esse é meu primo Abdel. Esta é Vera. Sou Sarah. Tudo bem? A conversa entre os paraenses fluiu naturalmente. A de Faisal/ Abdel e Vera demorou. Cada um acendeu um cigarro, ambos olharam para o infinito, um disse algo, o outro retrucou. Mas o impressionante era o que os olhos diziam. Enfim, o primo Faisal tinha jeito com as moças. Quanto a Sarah, se pudesse, nunca mais sairia daquele café. E, de repente, quebrou o encan-to. Estou incomodando? Vera ergueu os olhos. Avi! Gente, este é Avi, meu namorado. Levantou e se pendurou em seus braços.

Faisal, visivelmente contrariado. Bem, já estamos atrasados. Vamos, primo Said. Mas fiquem mais, agora que cheguei. Não podemos. Fica para outra vez.

Prazer, Sarah. Meus pêsames pelo acontecido. Vera me contou, mas, pelo que vejo, já está tudo ficando melhor. Não é bem assim. Esse rapaz é conhecido meu de Belém, olha a coincidência. O outro é primo. O outro é daqui, não é? Tem má catadura, sei lá. Má o quê? Desconfio dele. Cuidado. Você está com ciúmes de um *goi*? Lógico!

Primo, nunca mais faça isso comigo, está bem? Nunca mais. Você sabe o quanto lhe quero bem, mas se tiver de escolher entre os compromissos com meu povo e minha religião e até minha família, fico com Alá. Você me fez quase vacilar. Se companheiros meus me veem, estou perdido. Desculpe, Faisal, e nem quero aborrecê-lo mais ainda, mas me pareceu que você estava se entendendo muito bem com a garota, lá. Nada disso, ouviu? Nada disso! Quando chegaram em casa, viram o noticiário. Acabou o cessar-fogo. Centenas de foguetes estão sendo lançados pelo Hamas contra os israelenses, que vão reagir. Vai começar mais uma festa de sangue. Quem ganha com isso? Fabricantes de armas. A direita. Vêm as eleições e o Likud quer vencer. Malditos judeus! Faisal, por favor, aqui em casa não quero saber de política. Mas pai. Silêncio.

Aarão, venha ver na TV. Começou de novo a guerra. Eles queriam renovar a trégua, mas o Hamas não aceitou. Quer guerra, mortes. Eles mantêm túneis na fronteira com o Egito, por onde passam contrabando, armas e bombas. Não adiantou libertar 200, sei lá, 300 prisioneiros, inclusive um tal de Marwan Barghoutti, assassino miserável. Não adianta. Não tem Bush que resolva, e ele quer mesmo é vender mais armas. Minha querida Sarah, não pense que tendo vindo da violência no Brasil estará a salvo por aqui. Pensei, sinceramente, acreditei que duraria a trégua, mas agora talvez seja melhor voltar, enquanto ainda pode. Não, tio.

Eu vim para ficar um bom tempo. Eu fico. Cuidado, filha. Melhor ligar para seu irmão. Temos falado por e-mail. Ele sabe de tudo. Pois eu vou voltar, querida. Tia Raquelita, pode voltar. Se meu tio continuar a me hospedar, prometo que logo arranjo um emprego e alugo um lugar só para mim. De jeito nenhum! Você fica aqui em casa, ora!

Vou sair. Tenho uma reunião. Posso. Leve consigo o primo Said. Ele precisa conhecer seus amigos. Vá, vá, Said, vá com Faisal. Você não devia vir. Ainda vou conversar sobre você com eles. Melhor ficar fora, dar uma volta, e depois nos encontramos. Não posso saber? Não. É perigoso. Coisa minha. Escuta, Faisal, posso ter ainda postura ocidental. Não é da noite para o dia, mas isso não quer... Primeiro, você me põe com aquela cachorra que me tentou. Saiba que fui repreendido e que precisarei jejuar e orar para me desculpar. Agora, já quer ir à minha reunião? Fique fora. Fora. Entendeu? Depois explico melhor. Voltamos bem tarde. Faisal, calado. Disse apenas que, fora de casa, o chamasse de Abdel e ponto. Só isso.

Oi, Avi! Sarah, tudo bem? É, vim fazer uma hora, aguardando a Vera sair da aula e a curiosidade de entrar no McDonald's em Jerusalém. Você gosta? Adoro. Como é que é Belém? Parece tão distante para mim, como Jerusalém deve lhe parecer. Outro mundo, não é? Outro mundo. Você não tem ideia. Lá, árabes e judeus são amigos, até sócios. Aquele rapaz, lembra? Conheci no clube, em Belém. É bem bonitinho, acho. Aqui também pode ser assim. Apenas alguns radicais complicam. E esse pessoal da faixa de Gaza, do Hamas, El Fatah, essas coisas. Olha, conhece esse sanduíche, Charcoal McRoyal? É um hambúrguer *barbecue*, ou seja, tipo churrasco. Dizem que é o maior sanduíche do mundo. Teve de mexer no equipamento do McDonald's para poder fazer. E quando é sábado? Quem atende aqui? Os árabes, claro. *No problem.* Vera chega. Outro dia eu como. Vera vai me levar para um turismo básico, tá? Logo nos reencontramos. No Aroma? Sim.

Passearam pela cidade velha. As muralhas, construídas em 1536 por Suleiman, o Magnífico, a mais completa fortificação medieval do mundo. Tem sete portas, a mais importante sendo as de Jaffa, a de Damasco e a do Lixo. O centro é um labirinto de ruas, cheio de bazares e mercados. A Via Dolorosa, ou Via Crucis, por onde Jesus carregou sua cruz a caminho do Gólgota. As várias estações estão marcadas em blocos de pedra nas paredes das lojas. Há uma multidão visitando o Santo Sepulcro, bem como onde Jesus foi crucificado. Monte das Oliveiras, Jardim de Getsêmani, Igreja de Santa Ana, igreja ortodoxa grega Maria Madalena. Escuta, Vera, elas não morrem de calor, todas de negro, cabeça coberta, imagine se tivessem de usar *burka*, hein? Pois é. Mas também não me vem com aqueles biquínis que vocês usam por lá. Você usa, Sarah? Uso. Bem pequeno. Lá não tem problema. E você, desculpa a intimidade, depilam lá embaixo, tudo, para usar o biquíni? Tem quem tire tudo, outras como eu, deixam só um pouquinho. Depois você me mostra.

Primo Said, daqui de cima podemos ver igrejas católicas, o tal jardim do Cristo dos cristãos, ali está o minarete dourado da mesquita de El Azariah. É uma cidade linda esta nossa, com sua arquitetura granítica, toda assimétrica. Já esteve em Telavive? Já, pra nunca mais. Tudo ocidental, para nos humilhar, nos fazer esquecer nossa cultura, religião, nos enfraquecer e deixar o Grande Satã mandar. Gosto daqui. Desses prédios de pedra calcária, amarelada. Escuta, vamos andando, porque tenho reunião. Hoje você vai. Espera. Olha só. Como esse mundo é pequeno! Puxa, Said! Ah, Faisal, deixa pra lá! Sarah! Vera! Estamos fazendo um turismo. Nós também! Como é linda a cidade! A mais linda do mundo! Olha, vamos ali tomar um café? Não posso ficar. O Said fica. Nos vemos logo mais, certo? A tarde foi escorrendo, e o papo, bem animado. Tocou o telefone.

Avi. Vera olhou para Sarah. Naquele olhar, negociaram. Avi, me atrasei com a Sarah aqui na Cidade Velha. A gente se vê amanhã, tá bem? Beijo. Te amo. Vamos até o Café Hilel? Na Rehov Emec Rafaim? Abdel me mostrou ontem. Bom, vamos. Said, seu primo é solteiro? Sim. Ele é tão reservado. É, sempre foi. Esse é o charme dele. Ele tem muitas dúvidas a respeito de religião. Eu também. Lá no Brasil, vivia muito distante do islã. Aqui, tento renovar o conhecimento. E, Sarah, vim para Jerusalém conhecer minha história. Minha realidade é muito diferente daqui, mas aqui está meu povo. Meu primo é muçulmano pra valer. Em Belém, eu pediria pra namorar contigo. Aqui, não sei se isso é o certo. Eu vim pra cá, você não sabe, acho, porque meu pai foi assassinado em um assalto. Não sabia. Estava em São Paulo, ia estudar e tal. Voltei e me deparei com isso. A religião me salvou num primeiro instante. Vim para cá. Não é engraçado que nos encontremos aqui, procurando por uma vida? Pois eu te digo, podemos namorar, ou ficar, como se diz em Belém. Desde o momento daquele teu oi, lá no Aroma, ficou uma coisa. Beijaram-se. Chega. Voltar para casa.

Silêncio. Dormiu. Tia Raquelita reclamou. Era Hannukah e acenderam a menorah. Desculpe. No quarto. Toca o telefone. Vera conversa. Longamente. Depois, silêncio. Olhos abertos no escuro. Sarah? Oi. Sabe quem era? Abdel. E agora? O quê? Não sei o que deu. E o Avi? Sou judia, namoro sério. Ele é muçulmano, árabe. Esquece o Abdel e fica com o Avi. Foi só uma aventura. Não. Estou completamente perdida. Vou terminar com Avi amanhã. Não faz isso ainda. De repente foi só... Só? Eu estou apaixonada! Mas assim, rápido? Sim. Um árabe! O que vai dizer meu pai? Calma. Em Belém, acho que seria quase normal, sei lá. Mas aqui... Aqui e agora! Você viu na TV? Estamos em guerra. Vamos invadir Gaza. Talvez o Avi seja convocado como reservista. E você, está só ficando com o Said? Não. Estou gostando. É pouco tempo, mas eu já olhava ele lá em

Belém. Bonito. Aquela voz. Inteligente. Está tirando um nó que estava aqui no meu peito, sabe? Acho que meu pai me mandou para cá reiniciar tudo. Meu paizinho querido. Pois o meu paizinho querido me mata! Pois que mate!

Quando acordei, ele tinha saído. Estranho. À noite, estava deitado, falando ao celular, murmurando, para ninguém ouvir. Depois, não pregou o olho. Perguntei, mas não contou. Pelo contrário. Pediu para ficar atento. Haveria uma reunião. Sua célula estava reivindicando a graça de oferecer um suicida à causa. Os explosivos estavam vindo, passando na fronteira. Havia outras células na concorrência. Liguei para Sarah. Vera também tinha sumido. Vamos ao Aroma nos encontrar. O problema do Abdel é que ele é muito religioso e tinha ódio de judeus. De repente, não se toca mais no assunto. E o Avi, o namorado da Vera? Eles iam casar! Agora, ela deve ter terminado. Ficamos lá. Avi chegou. Transtornado. Nem consegui trabalhar. Onde ela está. Não sabemos. E o teu primo, cadê? Não sei. Não sabe ou não quer dizer, árabe escroto, povo do esgoto! O que eu entendi, não gostei. Cala a boca. Não tenho nada com isso. Te acalma, Avi, o Said está comigo. Ela me ligou de manhã. Isso é jeito de terminar? Nós queríamos casar! E logo por um árabe! Desculpa aí. Como é que vai ser? Assim, de repente, acaba tudo. Ela ficou doida? Vera entra no Aroma. Para. Vem até a mesa. Eu não vou admitir que você termine comigo assim, pelo telefone. E muito menos que me troque por um reles árabe! Cachorro maldito! Levanto, insultado. Vera me diz ao pé do ouvido que Abdel está lá fora. Saio. Fiz um sinal que ligaria depois para Sarah. Estava perturbado. Lagrimando. Said, estou apaixonado. E, ao mesmo tempo, que louco, que maluco, desvairado! Joguei minha vida toda no chão por causa de uma infiel, uma cadela judia! Não fui capaz de suportar a tentação, meu Deus, me perdoa! Mas tu não gostas dela? Gosto! Gosto! Eu a amo! Nunca senti nada assim. Em dois dias! Dois dias!

Meu Deus, que tentação! Mereço cem chibatadas, todos os castigos! Há dois homens à nossa frente. Reconheço. Não lembro os nomes. Me deixam de lado. Discutem. Baixam as vozes. Faisal pede para ir embora. Mais tarde, conversamos.

As hostilidades desaguaram no começo de uma guerra. O Hamas seguiu jogando foguetes contra as populações israelenses e, em contrapartida, teve cidades bombardeadas, mortos, túneis na fronteira com o Egito explodidos. O mundo pede calma e israelenses não respondem. Não havia clima para uma aproximação. Liguei para Sarah umas vezes. Vamos esperar passar a confusão. E a Vera? Está trancada. Não fala. Eles passaram a manhã no apartamento de uma amiga dela, fazendo amor. Iam enfrentar tudo, até encontrarem com Avi. E o Abdel? Está arrependido. O pai dele, tio Sami, quer se mudar para a parte ocidental. Prejudica seus negócios. É advogado. Tem clientes árabes e judeus. É uma pena. Ele me disse que ficou transtornado pela Vera. E ela por ele. Que coisa! E logo agora! Vamos esperar que passe essa confusão. Vem o tal do Obama aí, a ONU, de repente conseguem uma trégua, sei lá. Tem essa briga entre Fatah e Hamas. E aqui pelas eleições. A gente se vê. Saudades. Beijos.

Primo. Hoje tu vais comigo. Pra reunião. Posso confiar em ti. A tua vida. Posso? Ainda não sou completamente árabe. Uma mistura. O Brasil é muito diferente. Pra mudar, não é rápido. Mas se tiveres de escolher entre o teu amor e o teu Deus, com quem ficas? Com Deus. Tens certeza? Tenho. Então vem. Faço parte de um grupo, uma facção radical chamada Comitê de Resistência Popular, ligada ao Hamas. Uma célula. Há outras. Precisamos fazer alguma coisa. Os cachorros estão matando nosso povo em Gaza. Eles precisam aprender, sentir na pele nosso sofrimento, nossas mortes. Vem comigo. É no subterrâneo de uma casa no Mahane Yehuda. Uns quinze homens, barbudos, soturnos, olheiras, falando baixo. Olham para mim. Meu primo explica. Eles pediram minha presença. Receberam ordens de um tal general Tawfik Jabor, do Hamas. Algo está vindo, passando pela fronteira e vai chegar. Ainda não sabem dizer quando chegará, mas provavelmente em dois dias. Depois todos oramos e, silenciosamente, fazemos sinais de aprovação à destruição de Israel. Quando saímos, Faisal ou Abdel me pergunta se percebi o que aconteceu. Se estou pronto para aquilo. Se pode confiar em mim. A vida, já disse. Então vamos esperar. Se formos nós os agraciados, conheceremos, também, enfim, nosso comandante em Jerusalém. Qual o nome dele? Não tem nome. Segurança.

Vera me acorda. Está pálida. Me ajude, não paro de vomitar. Comeu alguma coisa? Não. Nem consegui dormir. Olhamo-nos longamente. No olhar dela, um pavor imenso. No meu, um branco de medo. De dia, na farmácia, no banheiro, no teste, positivo. E agora? De quem é? Do Avi, com certeza. Não pode ser do Abdel. Só estivemos juntos uma vez! E sem camisinha? Não houve tempo. Foi uma explosão de paixão. E com o Avi? Sei lá, pode ter havido alguma vez em que alguém esqueceu. Só pode ser. E tio Aarão? Tia Ruth! Ele me mata, me mata. E agora? Eles precisam saber. Como? Avi nem pintada quer me ver. E o Abdel, sumiu com essa guerra estúpida. Vou ligar pro Said. Não, por favor. Porque não? Não sei.

Não pode ser. Pode. Testaram? E testamos várias vezes. O médico também confirmou. É do Abdel? Ela acha que não. Uma vez só... Mas basta uma vez! É do Avi? Será? Ela disse que pode ser. Mais provável. Mas o Avi... É. E o Abdel... É. Preciso contar. Precisa. Eu conto pro Abdel. Eu, pro Avi.

Contei pro Avi. Chorou. Disse que amava Vera. Que o neném era dele. Que a assumia como mulher, mesmo depois de tudo o que acontecera. Mas será que ela quer? Não sei. Ser pai. Casar. Casa pra morar. Tudo muito rápido. Vocês não usavam camisinha? Sim, mas sei lá, uma vez ou outra esqueceu, deixa pra lá. Um pai!

Deus está me punindo! Alá me perdoe! Fiz um filho em uma infiel! Mereço todas as condenações! O pior é que a amo muito! O que faço, meu Deus! Vou perder tudo! Primo, ninguém pode saber! E quanto à Vera? Esqueça! Não, não esqueça! Eu a amo! E a odeio, também! O que faço?

À noite, na reunião do Movimento, estava cabisbaixo, silencioso. O que estavam esperando havia chegado. Um cinturão de explosivos para uso de um suicida. Alguém que, com a chave do paraíso no pescoço, daria um aviso a todos os cães de Israel. E que, depois, teria à sua disposição, milhares de virgens no céu. Abrem espaço. Era o comandante, em pessoa, para ofertar o prêmio à célula. Estava escuro, de modo que me aproximei, diante de uma suspeita. À luz de velas, meu espanto foi maior quando reconheci o Tio Sami, ele mesmo, o advogado de clientes árabes e israelenses, querendo se mudar para melhorar os negócios, preocupado com as más companhias de seu filho. Mas não havia tempo para estupor. O clima era tenso demais. Pesado. Então, como um soco na boca do estômago, Faisal tomou a frente e se ofereceu. Tio Sami, cara de pedra. Um outro disse não se preocupe, Abdel, temos alguém já escolhido para... Insisto. Serei eu o homem-bomba. Alguns colegas já viram que eu e meu primo conseguimos nos infiltrar entre os judeus, frequentando cafés e até mesmo McDonald's, símbolo máximo do Grande Satã. Eu me ofereço para explodir-me nesse antro, McDonald's, no seu momento de maior movimento. Silêncio. Noto um tremor na face de Tio Sami quando diz: o seu sacrifício está aceito, Abdel. Amanhã será seu grande dia. Passará o resto da noite em orações, preparando-se. Seu primo também ficará aqui e o acompanhará, para testemunhar os acontecimentos. Alguma dúvida? Nenhuma.

Meus pais nunca aceitarão o casamento e um neto de árabe. Será demais. A vergonha para a família, os amigos. Mas ele é filho de um advogado, bem-conceituado, tem estudo, não seja tão severa. Impossível. Você veio do Brasil, não faz nenhuma ideia... Faço.

Sim, alguma, não toda. Não de um acontecimento assim. Amanhã, vou até o McDonald's contar pessoalmente ao Avi. Se ele ainda me quiser, caso com ele e guardaremos esse possível segredo. Possível segredo, certo? Por favor, pense melhor. Tem até amanhã, ao menos, para pensar. Pensarei, mas já me decidi.

Sinto o celular vibrar no jeans. Aproveito que todos estão orando, concentrados, para sair e atender. Ela vai pedir para voltar com o Avi e casar. Faça alguma coisa. A Vera gosta do Abdel. Isso é uma loucura. Sarah, o mundo está louco. Vamos deixar passar essa confusão toda para voltar a nos ver. Said, ela pode ter um filho do Abdel e vai ser infeliz com o Avi! Vou tentar falar com ele, prometo. Tem que ser logo. Ela vai amanhã ao McDonald's, falar com ele. Amanhã? Qual o horário? Creio que depois das duas, antes dele sair, já estaremos lá. Estaremos? Você vai? Vou, lógico. Não vai, não. Vou, claro que vou. É minha prima. Vou ajudar. Não vá, Sarah. Said, desculpe, mas você não manda em mim. Não é isso. Não vá amanhã ao McDonald's, por favor. Desculpe, Said, não gosto que falem assim comigo. Tchau.

Ouço ruído. Agora são gritos abafados e disparos. Percebo que vêm do local da reunião. Há soldados israelenses por perto. Alguém me chama. Mostro o passaporte. Brasileiro, de férias. Digo meu endereço. Checam. Me liberam. Fico por perto. Quando ficam apenas os especialistas, entro no local. Escuro. Vários corpos. Vejo meu tio, com o rosto dilacerado. Nervoso, procuro, mas não encontro Faisal. Ele escapou. Ligo para seu celular. Não atende. Estou só, na madrugada gelada de Jerusalém, a par de um segredo terrível. Lembro-me do Brasil. Da vida que levava e de onde estou, agora, meu tio morto, desgraça na família, meu primo a caminho do suicídio e, com ele, minha namorada. Preciso avisá-la. Talvez, assim, possamos voltar a Belém e continuar a namorar por lá, sem essas confusões daqui. Não posso avisá-la. Estou comprometido. É uma causa. Vou manchar para sempre o nome de Faisal e de meu tio.

Cedo, estou nas redondezas do McDonald's. Vigio. É hora do almoço e o lugar está lotado de turistas. Vejo Vera e Sarah. Corro até elas. Vocês não podem entrar. Sarah diz que estou estranho. Entram. Vou atrás. Do balcão, Avi as vê. Dá a volta. Está tirando um avental para chegar até nós. Faisal entra. Está amarfanhado, despenteado, olhos rútilos. Estamos, em um triângulo, ele, Avi, eu e as meninas. Em torno, turistas. Lá fora, certamente, radicais conferem o que acontecerá. Ali, naquele instante, o tempo está parado. Avi quer se aproximar. Ele, também.

O CORRE

AÍ, PARÇA, O CLETO deu a letra de um corre aí pra gente. Vamos nessa? É troco ou inteiro? Inteirão. Com esse tal de vírus, tá tudo quanto é barão escondido. É na loja do alemão. Ali na espinha da Presidente Vargas. É. Qual é o time? Cleto, eu mais tu. E tem o boy pra ir. O boy? Não fresca. Maior fresquinho, não fode. Ele tem um berro. Berro? Maior coronha, niquelado. E tem bala? Mostrou aí o berro. Presente de papai. Foda. Empresta. Aluga. Sem acordo. A Dionete tá no maior entojo pra ele ir. Chega na hora vai gelar, se cagar todo. Porra, vai ser com manteiga, tipo deslizando. Cadê os home? Me diz? Vai chamar. Tem sempre de levar rabo, puta que pariu.

Esperaram a noite adormecer. Forçaram a porta. Alarme disparou. Foda-se. Houve quem levasse computador. Celular. Dinheiro. O boy, chapado, querendo se tirar na maior. Só garganta. Cala a boca tu aí. Mostrou o revólver, a mão balançando, viado, não sabe nem segurar um berro. Vamos nos arrancar. O boy ria, feliz. Na esquina, o Bagaço olhava. Guarda noturno, uns duzentos anos de Comércio. O Cleto puxou no gogó. Tu vais contar alguma coisa, caralho? O Bagaço, agoniado, deu uma risada e disse que sim. O boy atirou. Tava doido pra atirar. Deve até ter errado, palmo em cima o primeiro tiro, de cagado que estava. Os outros, não. Sujou, caralho, sujou. Vaza todo mundo. Embicaram na escuridão. O Dogão na frente. Cara, sou foragido.

A Riachuelo amanheceu cercada. Viatura, caminhão, tomara que chova, os caralhos. Moleques. Quem matou o Bagaço? Quem arrombou a loja? O primeiro era figura folclórica da região, querido por todos. Aposentado. Continuava ali porque não tinha nada para fazer em casa. O alemão, dono da loja, é Presidente do Clube de Diretores Lojistas. Deu merda. Lá vem a Dionete, só de calcinha, levando pescoção, pelo meio da rua. Com ela, o boy, enrolado em um pano, tentando manter a dignidade. Uma coroa, bem vestida, sai correndo e abraça o boy. Ele nem aí. Ela começa a esculhambar. Filhos da puta, gentinha de merda, bandidos, gente feia, pobre! O que vocês fizeram com meu menino! Eu vou falar com o governador. Esse prefeito banana não adianta, mas o governador vai mandar fechar esse esgoto aqui. Covil de prostitutas, viados, ladrões, bandidos. Olha só o que fizeram com essa criança aqui! Vai baixar hospital para tirar toda essa merda de dentro do corpo. Ele tem mãe, viram?! Tem mãe. O pai pode não estar nem aí porque não é filho dele de verdade. Só quer contar dinheiro, mas tem mãe! O maior silêncio, até que a Chulapa, maior escrota, começou a vaiar. Gente, maior vaia na coroa. Ela gritava de raiva e o Blake parecia dançar andando rápido, acompanhando o sargento, parecendo conversar seriamente. Eles queimaram o Dogão. O moleque quis vazar pelo telhado ali na Gama Abreu. O boy abriu o bico e entregou o time do corre. Parça já estava com o vírus maldito. Na cadeia, pegou o tal vírus da coroa e se foi. Depois de dois dias já foi há muito tempo. O boy está de novo arriado pela Dionete. Os dois magros que nem a porra. Ninguém come. Só consome pasta. De vez em quando, a mãe dele vem fazer enxame por aqui. Mas o que não falta é enxame aqui pela Riachuelo. E as ruas continuam vazias.

O NOSSO AMOR NÃO PODE MORRER

LARICA ERA DJ. GANHAVA uns trocados tocando em festas de 15 anos, aniversários em geral e alguns bares do Jurunas. Naquele domingo, quase sem dormir, chegou tarde, cochilou por umas três horas, acordou, preparou sua mochila com *playlists* variadas e foi tocar no Bar da Walda. Toma ao menos um cafezinho, menino, gritou mamãe Larica. Já tinha ido.

Na Passagem Áurea, fica o Bar da Walda. Sua especialidade, além da bebida, era um pratinho de caranguejo que ficou famoso. Fora uma famosa batida de maracujá, era cerveja a bebida mais consumida.

Na véspera, cabo Nelson, de tardinha, ligou seu rádio, puxou a cadeira e a pôs na porta de casa. Um costume local. O ventinho do final de tarde. Ali atendia a todos que o procuravam. Era o chefe da milícia do setor. Casas e automóveis precisavam usar seu adesivo como proteção. Área segura. Ai de quem pisasse na bola. Dois homens, em uma moto. Entre perceber o que iria acontecer e conseguir escapar, muito pouco tempo. Devem ter atirado umas dez balas no cabo Nelson. Saíram tranquilamente. Missão dada, missão cumprida.

Larica chegou pelas dez no Bar da Walda. As pessoas também começavam a chegar. Walda arrumou um cantinho, onde ele se instalou, com seus toca-CDs e os amplificadores do bar. Separou as *set lists* que iria usar. Ao contrário da festa, na véspera, feita para a garotada, com muito funk e techno brega, o ambiente ali pedia outro repertório. Foi ao brega tradicional. As pessoas bebiam e ficavam eufóricas, lembrando de sua juventude. Larica sabia mexer com o público.

Alcebíades, o Bibico, estava revoltado naquela manhã, reunido com os parças na Mercearia Nazaré, em bairro próximo ao Jurunas, Guamá. Foi ao enterro do cabo Nelson. Uma afronta! Isso foi coisa de Bené Olho Preto. Porra, o Nelson era um sujeito bom. Meu amigo desde que saiu do Exército e virou PM. Mas quando que isso vai ficar assim?! Foi o Olho Preto. Se não revidarmos, ficamos humilhados, tá ligado? E tem que ser agora enquanto o corpo está quente. Nenhum filho da puta bandido, traficante vai se dar bem na nossa barba. O Nunes, que não saía do celular, veio com a informação. O FDP tá comemorando, porra. Lá no Bar da Walda. Toda a galera festejando, esfregando na nossa cara. Vamos pra lá agora! Não. Espera. Vamos fazer direito. Vou ligar para o Tenório. Ele vai emprestar as armas. Vocês vão querer atirar com nosso armamento? Usa a cuca, porra.

Nunes, pede pro teu chegado ficar na mutuca. Pra avisar qualquer coisa. Pergunta se tem viatura na área, pra dar o dzar. Me liga aí pro Tenório.

O Bené estava feliz. Marinete acabara de lhe dar mais um curumim, em uma lista de seis. Deixou com a mãe e as mulheres da família. Chamou sua galera. Vamos fechar o Bar da Walda! Hoje não tem moleque liso! Chegaram em doze, falando alto. Walda, arranja mesa pra nós que hoje eu vou botar quente! Pede aí pro DJ tocar só brega *flashback*! Tem "Ao Pôr do Sol"? Então, mete bronca, porra. A Jussara correu para se aninhar no colo do Olho. Feliz. Tinha o homem, o macho alfa, bebida e comida garantida. Passava das duas horas, Larica botava sua *set list* de "saudade" e todos cantavam junto, outros tinham os olhos rútilos, lembrando seus bons tempos.

Larica sacou sua erva, enrolou, apertou, acendeu. Entrava na manha. *Love, love, love*. Agora, estava no ponto. Lourenço, o Lóri, cuidava da cozinha. Um cubículo com temperatura infernal, onde era o responsável pelas coxinhas, escondidinhos e outros. Caranguejo era com a Walda. As bebidas, também. "Ao pôr do sol, quero te dizer, que o nosso amor, não pode morrer", cantavam, murmuravam, ensaiavam pequenos passos, dançando.

Bibica não foi. Não podia se expor. Nunes comandava. Tá limpo, meu chegado garantiu. Falaram com a viatura. Foi atrás do Lima. Ali pelas duas da tarde. Sol forte. Quente. Entraram na Passagem Aurora. Ouviam ao longe a cantoria. Se aproximaram sorrateiramente, embora, aqui e ali, naqueles barracos colados, paredes de papel, alguém tenha dado conta. Já entraram atirando. Demorou mais que dois minutos? Pouco mais. Mascarados. Uniformizados de preto. Botas. Saíram, montaram nas motos e foram. Devolveram as armas.

No Bar da Walda, dezoito pessoas mortas. A Walda. O Lóri. A Jussara, que fazia *strip-tease* para o Bené e os outros. Os outros. Festa de sangue. Espirrou nas paredes e no piso. Alguns agonizavam. Os vizinhos foram chegando, com medo. Agora sim, a polícia estava chegando. A imprensa veio atrás. Câmeras. Olha o respeito com os mortos! A repórter já gravava a cabeça da matéria.

Foi quando repararam no Larica. Ele estava vivo. Pegou uma bala de raspão que levou sua orelha. Tem um vivo! Um vivo! Alguém o levantou do espaço entre a cadeira e o amplificador. Olhos espantados. A boca aberta, buscava ar. O policial o conduziu para fora. O massacre do Jurunas, foi a notícia. Bibico e sua turma festejaram no Guamá. Missão dada, missão cumprida. Setenta e nove balas foram disparadas. Apenas doze não atingiram o alvo. Cabo Nelson estava vingado. O Nunes ia assumir a área. Foi dado o aviso.

Foi quando um grito se fez ouvir. Grito rouco, desesperado. Grito de mãe. Fredson! Onde está meu filho? Fredson! Os curiosos foram se afastando. Lá dentro, Larica, despertou e gritou Mãe! Se abraçaram gritando. Gritando. De pavor. De susto. De horror. Dizem que toda a cidade ouviu.

O Bar da Walda está fechado, desde então. Na vizinhança, ninguém viu, ninguém ouviu nada. Era domingo, estavam dormindo. Às duas da tarde? Foi. A sesta.

RECORTE

KELLY. DIZ QUE VEIO lá de Ourém, mas pra mim é maranhense. Vai ver já é até foló, disse a Irene. Pera lá, Irene, não força. A menina é jeitosa. Periguete, mas aqui vai fazer sucesso. Te mete! O macho dela vive rondando de moto. Distribui crack na João Alfredo. Eu, hein? Tenho mais o que fazer. E eu lá vou me meter! E lá estava a Kelly. Morena de corpo bem feito. O que fazia na Primeiro de Março? Seus atributos poderiam levá-la a clubes noturnos com público de maior poder aquisitivo. Ali, em breve o corpo estragaria, a mente explodiria e puf, desapareceria. Andava de top e shortinho, mostrando tatuagens, pra lá e pra cá, rebolando. Andava rebolando, mas rápido, parecendo resolver vários assuntos importantes ao mesmo tempo. Batonzinho básico e esse frescor da juventude que ilumina por onde passa. Quantas Kellys já tinham passado por ali? Que o digam a Raimunda, a Maria, Irene, coroas, algumas com casa montada e tudo e clientela seleta. Amor? Amor? Vem cá... Tudo bem? Vamos fazer um amorzinho gostoso? Não, obrigado. Eu sou aí do Teatro. Ah, do teatro. Do pessoal que faz cultura, né? E não tem uma vaga pra mim? Não, acho que não, mas de repente, quem sabe, eu te chamo, tá bom? Eu sou a Kelly. Tem certeza que não quer ir ali comigo? Também tenho umas coisas pra vender. Não, obrigado. Tchau. Tchau, amorzinho.

Riachuelo e Primeiro de Março. A primeira liga duas avenidas importantes, Presidente Vargas à Padre Eutíquio. Mas ali, naquela meiuca da Campina, funcionou uma lendária zona de prostituição. Hoje, acabou. Restam dois ou três bares. Quartinhos imundos. Putas velhas com alguns velhinhos que recebem a aposentadoria e vão pra lá. E, de repente, algumas meninas novas, cada vez mais novas, atiradas, ousadas, desafiadoras. Rápido se tornam as donas do pedaço. A Primeiro de Março é a lata de lixo da Presidente Vargas. E há consumo de crack. A polícia passa, faz revista, mas nunca acha. O Teatro e sua gente são respeitados. Muito. Relação ótima. O público nunca vai correr perigo. Isso é certo. Mas nem sempre a turma se comporta.

Domingo. Tarde da noite. A sessão terminara. Pela Primeiro de Março, uma birosca havia começado vendendo pipoca, cheetos, refrigerante, sabão, coisas básicas. Agora vendia bebida. Agora tinha som alto. A galera estava mamada. A festa começou desde que o Bento passou no final da manhã pela Praça da República, tocando merengue. A algazarra perturbou os atores. Fomos lá, na boa e nada. Veio a baratinha, conversou e seguiu na ronda. Kelly dava um show de *tecnomelody*. O namorado, jogado num canto, apreciava. Apareceu a Rotam. Moradores ligaram. Correria. O motoqueiro se mandou. A birosca não tinha alvará pra nada. Lá vai o dono. A Kelly rebarbou. Encarou. Tu queres me dá-lhe tu me dá-lhe. Agora tu vai pagar se me encostar um dedo. Vamos, me dá-lhe que eu quero ver. Me dá-lhe. O guarda tentou pegar o braço. Levou na cara. Mão aberta. Foi demais. Devolveu. Rolou na calçada suja. Levantou com uma pedra. Veio o Peito de Pombo, de gestos largos quando está bêbado. O perneta, que pede esmola pra fumar crack. Puxaram pelo cabelo. Ela agatanhou. Jogaram na viatura. A Rotam foi e ficou o silêncio. Um olha pro outro. Cada um pro seu canto.

Passaram três, quatro dias. Vejo Kelly botando quente no Bom Paladar, na esquina com a Riachuelo. Rosto inchado. Murros. Na barriga. O namorado libertou. Não contou como. Nem eu sei. Agora tinha uma colega. Deusa. Uma moleca de 14 anos se tanto. Kelly sua heroína. Olhos esgazeados de crack. Top, shortinho e topando todas. Chegou o namorado. Montou na garupa. A moleca também. Saíram rindo e felizes. Poderosos. Fiquei com vontade de ligar pro Ismael. Ele faria uma bela reportagem. Foi bom não ligar. Acabei ganhando a matéria.

A Érica está se desfazendo aos poucos. Foi mais uma Kelly. Branquinha, bonitinha, olhos espertos. Pegou a coisa. Não tem mais cabelo. Um ou dois dentes. Corpo cheio de feridas. O que resta é um humor ácido e inteligente. Fez dois canudos de papel e botava na cabeça, dizendo que a Kelly já era e a dona do pedaço agora era a Deusa. A Deusa? A molequinha de peitinhos salientes, bundinha assanhada e que era aprendiz da Kelly? Essa não. O Ricardão veio e crau! E a risada da Érica? Tinha uma mordacidade feroz. E todo mundo rindo. O perneta se divertia. O Peito de Pombo, também.

Lá vêm as duas. A Kelly arrastava pelo cabelo a Deusa. Tinha uma faca de cozinha em uma das mãos. Havia sangue nas mãos da moleca. Parava onde tinha galera. Agora diz quem é a dona do pedaço. Diz. Quem é dona do homem. Do motoqueiro. Terminou? Pede perdão. Pede. Vamos adiante. Vai nada. O Peito de Pombo se meteu. Tu vais parar com isso agora mesmo. Aqui mesmo. Acabou. Tá doida? Dás ouvido pra qualquer uma? Isso não é contigo, velho. Sai que vai sobrar pra ti. Comigo não. Tu me respeita. Levou facada, mas foi de raspão. Não continuou. A Luana, mulher do Peito de Pombo, se rebarbou. Eles moram na rua. Na esquina. O Peito de Pombo lê jornal, despacha, conversa, trafica também. Ela até atende telefonemas. Mas agora Luana deu-lhe no pé do ouvido. O que é que tu tens com essa piva? Se ela está apanhando é porque merece. Me incomoda a violência. Ah, te incomoda? Tu pensas que eu não ouvi que tu andaste te engraçando pro lado dela? Hein? O Perneta me disse que pediu pra ela o xibiu, mas ela deu foi pra ti. E foi esse o pagamento do crack. Cadê o dinheiro? Agora confessa se tu és homem. Diz aí se tu és homem, agora, na frente de todo mundo. Mulher, tu me respeita que eu não sou macho de ser peitado assim na frente da galera. Tu me respeita. Então, diz aí, macho de merda. O Peito de Pombo se atacou. Saiu catando colchonete, roupa, sapato, fazendo um monte. A Luana tentou impedir, mas levou safanão. Ficou de longe, xingando. O Peito de Pombo tocou fogo. Doido. Tocou fogo, o sacana. E virou pra ela e disse. Tu me respeita. Tu não mexes comigo. Agora tu vais ver. A fogueira cresceu. A Luana se mandou. O Peito de Pombo ficou com os braços parecendo aqueles bonecos de posto de gasolina. Vieram os bombeiros. Risco de o fogo atingir a fiação elétrica. Mas não sobrou nada.

A Deusa ficou sem as duas orelhas. Alguém contou. Foi parar na Casa de Transição, depois foi pro... de Menores. E o vício de crack? Sei lá. Naquela noite, o motoqueiro ficou girando por todos os quarteirões entre a Padre Eutíquio e a Presidente Vargas, procurando, procurando. De manhã cedo, os programas policiais de rádio, o *Barra Pesada* e a turma do *Diário do Pará* trabalhando ali perto daquele prédio grande da Importadora, na Carlos Gomes. O perneta contou. Tava na fissura por crack e, nessa, o cara faz qualquer coisa. Nem raciocina. Quase não dava pra reconhecer a Kelly. Talvez pela tatuagem de um anjo, no calcanhar. O motoqueiro passava de moto sobre seu corpo quando a Rotam chegou. Eles se atrasaram um pouco. Kelly era a isca da armadilha, mas não deu. TRAFICANTE MATA NAMORADA PASSANDO COM A MOTO SOBRE SEU CORPO. Os repórteres vieram checar algumas informações. O único que quis falar foi o Kiko. Mas o Kiko não tem condições. Não diz coisa com coisa.

Noélia é o nome, a Irene disse. Aposto que esse cabelo dela é pintado e alisado. Irene, dá um tempo. Tu não dispensas nenhuma? E eu vou lá gostar de concorrência? Irene, tu já passaste dos 60, tens tua clientela, poxa. Mas sabe lá, de repente um boyzinho desses se engraça... E olha que eu sou foló...

TODOS TÊM SEU DIA

FOI O MAU CHEIRO que chamou a atenção. Começou o disse me disse. O Pássaro Preto morreu. Ninguém tinha coragem de entrar no barraco. Chamaram o Samu. Chama a Polícia? Tédoidé? Os caras vão entrar quebrando tudo. Vai sobrar pra gente. Demorou. O cheiro piorou. A ambulância chegou. Porta fechada. Bateram. Nada. Ele morava só. Arromba ou não arromba. Entraram. Tudo humilde. Pequeno. Fogão, filtro, televisão antiga, ainda de "bunda grande". O corpo estava na rede. Ainda chamaram. Seu Pássaro Preto! Nada. Estava começando a endurecer. Alguém foi até a porta e disse que estava morto. Mas ninguém entrou. Medo. Até morto o cara metia medo. Os enfermeiros ligaram pro IML. Mexeram nas coisas. O documento. Ariovaldo Brasil de Seixas. Da porta, disseram: é o Pássaro Preto! Quem? Ele. O morto. Vocês que são vizinhos não viram nada suspeito? Ninguém entrou na casa? Todos balançaram a cabeça. Nem que tivessem visto diriam alguma coisa. Me arranja uma vela? Deitaram o corpo do morto em uma mesa. Acenderam uma vela. Foram embora. Outro chamado. Ali ficou. Ninguém em seu velório. Um dos moleques, curioso, fez que entrava. Um grito da mãe e parou. Chegou uma viatura. O que foi que houve? Desembucha. O vizinho morreu. O Samu veio, né? Ligaram pra gente. Está morto. Sabem como foi? Silêncio. Viram alguém estranho entrando? O corpo não tem sinal de luta, nada. Os policiais entraram. O mais velho saiu abalado. O Pássaro Preto morreu. Todo mundo tem seu dia. Aí chegaram uns e fizeram uma roda. Ele não prestava. Era muito calado. Não falava com ninguém. Soube que ele matou uns caras aí. Quer dizer, ouvi falar, né? Sai outro soldado com um revólver e munição. O mais velho disse que, se não tivesse de apreender, ficaria com a arma, de recordação. Isso é uma relíquia. Sim, o Pássaro Preto era pistoleiro. Matava por encomenda. Talvez o mais velho. Estava acomodado. Superado. Agora tinha poucas encomendas. E tu contas assim, tranquilamente? Por que nunca foi preso? Esse monstro devia era estar na cadeia pra vida inteira. Ele era esperto, matreiro. Não matava por prazer. Era um trabalho como outro qualquer. Sem emoção. Matou um cara no banheiro do estádio da Curuzu. O cara foi mijar durante o jogo. Matou e depois foi comer churrasquinho de gato. Ficou assistindo à confusão. Um tiro. Não gostava de gastar bala. Começaram a chegar outras viaturas. Uma romaria. A gente não dá nada por ele, né? Baixinho, velhinho. É? Te mete. O moleque foi abelhudar pela fresta da casa, ele pegou pela orelha. Foi pro hospital com a orelha descolada. Pergunta se o pai do moleque foi tomar satisfação. Uma mulher perguntou se o soldado sabia se ele tinha algum parente. Alguém para reclamar o corpo. Não. Acho que ele era só. Ninguém vai entrar na casa por medo? O cara está morto, gente. Sabe lá. Ele parecia ter parte com o diabo. Se vestia de preto. Usava um desses chapéus de boêmio, sabe? Dormia de dia. Saía de noite. Uma vez chegou bêbado, tropeçando. Não conseguiu abrir a porta da casa. Dormiu sentado. A minha mulher disse que eu devia ir lá ajudar. Tédoidé? O IML chegou. Vai fazer a autópsia. O camburão foi embora. Os vizinhos invadiram a casa para levar o que pudessem. O corpo ficou na geladeira. Disseram que foi ataque no coração. Fulminante. Mas o enterro foi de luxo. Ninguém sabe quem pagou. Caixão de luxo, coroas e cemitério particular. Não tinha ninguém na hora de enterrar. Mas o enterro foi de primeira. Todo mundo tem seu dia.

EU JÁ MORRI

ERA PARA SER UM dia normal, de aula. Mas Janalice percebeu algo diferente ao entrar. Não que sua passagem no pátio do colégio não provocasse, sempre, algum frisson, por conta da altura de sua saia. Mas era mais do que isso. Dentro da sala, cochichos e risos. Então, a professora se irrita e alguém se levanta. Entrega um celular. A professora põe a mão na boca. Sai. O que é que tem no celular? Então, Janalice assiste a uma demorada cena de felação que ela protagoniza, com seu namorado Fenque, com direito a closes de sua genitália, a pedido. Chocada, não sabe o que dizer. A professora retorna. A diretora vem junto. Pede que ela saia. Que volte para casa. Que somente retorne com seus pais. E, atravessando o pátio, agora ouve claramente o deboche de todos.

Janalice tem 14 anos.

Em casa, a mãe chora. Grita. Estapeia. Rasga suas roupas. Entra o pai, com a farda de cobrador de ônibus. Tira o cinto. Espanca. Expulsa de casa. Ela sai chorando pela rua. Em uma esquina, Fenque está com os amigos. Ela chega e pede ajuda. Ele a trata mal. Ri de sua cara. Os amigos também. Ela cobra. Ele dá um tapa. Sai fora.

Janalice vai andando, pela noite, na cidade, até o porto. Pede esmola. Consegue o dinheiro da passagem. Está no barco. Belém ao fundo. Desembarca e vai a pé até a casa de uma tia, que vivia no centro, com um namorado, e era sua madrinha, embora estivesse brigada com a mãe, por suas posições. Janalice espera a manhã chegar para subir. Conta seu drama. A tia precisa perguntar ao namorado, dono do apartamento. Tudo bem, pode ficar, depois a gente conversa. A tia vai trabalhar. Janalice vai dormir. O namorado fica por ali, assistindo à TV. De tarde, Janalice toma banho. Penteia-se em frente ao espelho. O namorado da tia entra. É a conta que precisa pagar para morar ali. Não pode denunciar nada. Fazem sexo. A tia chega no início da noite. Nada é dito.

Agora, Janalice passa os dias zanzando no centro, com medo de voltar para o apartamento e enfrentar o namorado da tia. Encontra uma putinha, Dionete, próximo a uma farmácia popular. Conversam. Se identificam. Brincam. Acham graça. Passa um cliente. Ela vai. Janalice fica interessada. Está feliz. Arranjou uma amiga. No dia seguinte, vai ao quarto da amiga, em uma pensão. Juntas, fazem confissões. Janalice experimenta roupas. No outro dia, aparece um pivete, namorado da amiga de Janalice. Conversam. Quer fumar? Ele presenteia a namorada com um cordão. Sentam em um bar. Outro dia, estão no quarto da amiga. Quer fumar um crack? Fazem sexo a três. Chega tarde. Leva bronca. Outro dia, estão juntas. Chega o cafetão. Expulsa o pivete a pontapés. Dá safanões na amiga. Olha com interesse para Janalice. Ela volta para casa. Considera. Outro dia, com a amiga. Chega o cafetão. Vamos ali numa casa? Que casa? De quem? Um amigo. Vão. Ela entra e é agarrada. Grita, mas ninguém vai ouvir. O cafetão e a amiga pegam um dinheiro e se mandam. Entra em um quarto onde há mais quatro garotas. Dois dias. No terceiro, tomam leite. Sentem sono. Mas cambaleiam em direção a uma Kombi de vidros peliculados. Circulam. Param. Janalice está tonta, mas vê que estão próximos de um colégio. Empurram para dentro uma menina. Assustada. Tremendo. Não consegue gritar. Alguém abafa. Escuro.

Agora estão em uma casa, com quintal, fora da cidade. Janalice sente o ar, o cheiro de mato. Um sítio? Uma tiazinha negra, alta, fica tomando conta, levando no banheiro e tal. Ela pede, com sotaque forte, para se comportarem, serem boas. Que foram escolhidas. Que são especiais. Que vão viajar para a Europa. Chega com umas roupas. Calcinhas, minissaias, corpetes, tops, tudo bem sexy. Vistam. Janalice faz amizade com uma das meninas. Ela conta que foi sequestrada num show de pagode. Perdeu-se, por instantes, das amigas. Agora, estão vestidas com as roupas sensuais. Uma a uma, desfilam na frente de alguns negros altos, fortes, que falam outra língua. Algumas são escolhidas. A amiga foi. Ela não. Não há despedidas. Janalice fica. Ela vai trabalhar com a turma que ficou.

A Kombi entra em um motel. Vai para o lado reservado. Uma piscina. Homens aguardam e saúdam a chegada. Alguns estão nus. Elas saem. Algumas gostam e já vão sorrindo. Uma churrascada. Dentro da casa. O cara é gordo, feio, bêbado. O cara estica umas carreiras de cocaína. Ensina como faz. Janalice já está muito dopada. Começa a vomitar. A fazer espuma. O homem a toma e faz sexo mesmo que ela nem reaja. Ele se aborrece. Dá um potente murro na cabeça. Ela se acaba pelo chão. Ele vai embora procurar outra. Ela acorda, junta roupas. Sai andando, meio dopada, atordoada. Não sabe como, acaba na rua. Vai andando sem rumo. Não dão por sua falta.

Agora, ela faz confusão em uma esquina. O policial a repreende. Ela enfrenta o policial. Está muito diferente agora. Para pior. O policial a leva para a cadeia. Não há cela para menores. Muito menos para mulheres. Ela continua respondendo torto. É colocada na cela com 20 homens e ali fica, sendo usada por eles. Um deles tem pena. Você não quer sair daqui? Não quer viver? Não. Eu já morri.

Arte em homenagem a Genivaldo de Jesus Santos,
criada pelo ilustrador Cristiano Siqueira.

Este livro, lançado em agosto de 2022, cerca de três meses depois da morte de Genivaldo de Jesus Santos, ocorrida em 25 de maio do mesmo ano, após violenta abordagem da Polícia Rodoviária Federal (PRF), em Umbaúba (SE), foi composto em Minion Pro, corpo 11/14,6, e impresso em papel Avena 80 g/m^2 pela gráfica Rettec para a Boitempo, com tiragem de 2 mil exemplares.